어두운 숲 속의 서커스

어두운 숲 속의 서커스

강지영 장편소설

예담

차례

★

초과는 아래층 여자의 그악스러운 기침 소리에 눈을 떴다.

"그웨에엑, 퉤!"

격한 기침 끝에는 반드시 가래 뱉는 소리가 이어졌다. 신통치 않은 방음 탓에 초과는 아래층 여자의 기침과 가래 뱉는 소리를 고스란히 들어야 했다. 처음에는 혼자 앓는 여자가 걱정스러웠지만, 일주일째 비위 상하는 소음과 씨름하다 보니 저러고도 병원에 가지 않는 그녀의 고집이 미련스럽게 느껴졌다.

초과는 취침등을 켜고 시계를 확인했다. 열 시 오 분. 동이 트는 걸 지켜보다 잠이 들었으니 고작 너덧 시간 눈을 붙인 셈이었다. 다시 잠을 청해 볼까 하고 몸을 옹그리는데 이번엔 위층에서 기침이 시작됐다.

진저리 치며 이불을 떨치고 일어난 초과가 담배 한 개비를 물고 책상 서랍을 열었다. 포스트잇과 스테이플러 사이에서 휴대전화를 집어 들어 전원을 켰다. 꼬박 두 달 일주일 만에 세상과 나누는 소통이었다. 포털사이트에 접속해 보니, '페인플루 확산 지도'가 검색어 1위였다.

초과가 소설과 머리끄덩이를 잡고 싸우는 동안, 정작 치명타를 입은 건 세상이었다. 초봄 무렵 중국에서부터 시작된 감기가 슬슬 유행을 시작해, 여름이 된 지금은 곳곳에 휴교령이 내려지고 임시 휴업이나 폐업까지 선언한 상점이 늘어 갔다. 극동아시아, 그중에서도 중국과 한국에서만 발병한 이 감기는, 페인플루(Far East influenza virus)라 불리며 사람들을 공포로 몰아넣었다. 공식적으로 사망자는 없었지만 완치 판정을 받은 사람 또한 없었다.

초과는 에볼라나 사스도 아닌 치사율 0퍼센트의 감기에 호들갑을 떠는 세상이 한심했다. 걱정이 없어 걱정을 만들어 내는구나, 혼잣말을 하며 검색창을 닫고 키패드 2번을 길게 눌렀다.

"누구…… 선배?"

윤재의 목소리를 들으며 초과가 담배를 입에 물었다.

"세상, 폭삭 망해 버렸으면 좋겠다. 원고가 너무 안 써질 땐 불구자가 된 기분이야. 엄마도 내가 말썽 피웠을 때 이런 기분이었겠지."

인사조차 없이 둘의 대화가 시작되었다.

"난 불구된 지 오래라서 어떤 기분인지 까먹었어요. 선배 소원대로 세상이 폭삭 망할 분위기긴 하네요."

윤재는 럭비선수처럼 건장한 체격에 가무스름한 피부를 가진 이
십 대 청년이었지만, 겉보기와 달리 가슴부터 배까지 Y자 모양의
큰 수술 자국이 있었다.

"뭐 땜에? 페인플루?"

"텔레비전이랑 인터넷도 끊은 거예요? 자가 격리자도 집에서 뉴
스는 볼 텐데, 멀쩡한 사람이 왜 그랬어요."

윤재가 생수 한 병을 들고 러닝머신 위에 오르며 물었다.

"봐서 뭐해. 뒤숭숭하기나 하지."

그녀가 긴 한숨처럼 담배 연기를 뱉어 냈다.

"그래도 오는 전화는 받을 수 있잖아요. 폰은 대체 왜 꺼 놓습니
까?"

윤재가 물 한 모금을 들이켜고 천천히 걸었다.

"출판사 독촉 전화 받는 것도 지겹고, 너랑 통화하다 보면 엄살 부
릴까 봐."

"결국 엄살 부리러 전화했네, 뭐."

윤재가 재밌다는 듯 킥킥 웃었다.

"내일 영화나 한 편 어때? 뭐 재밌는 거 없을까."

"지금 사람 많이 모이는 데 아무도 안 가요. 페인플루 걸리면 약도
없단 말예요."

제법 속도를 올렸지만, 여전히 고른 숨결로 윤재가 대답했다.

"역시 시시한 남자였네."

초과가 필터 가까이 타들어 간 담배를 수북한 재떨이에 비벼 끄고 기지개를 켰다. 암막 커튼을 걷어 내고 창문을 열자 뜨거운 공기가 화끈 얼굴을 달궜다.

"나 그 말 딱 질색이라니까. 좋아요, 내일 씨지브이 앞에서 만나죠. 표는 내가 조조로 예매할 테니 팝콘은 선배가 사요. 아님 낮술 사든가."

초과가 기다렸던 반응이었다. 그녀는 소리 없이 씩 웃으며 오케이, 하고 전화를 끊었다.

확인하지 않았던 메시지들을 하나씩 읽고 지우다 출판사 편집자의 원고 독촉 메시지 앞에서 초과의 손가락이 머뭇거렸다.

✉ 약속하신 마감일이 한 달 넘게 지연되었네요. 집필 중이라 바쁘시겠지만 빠른 회신 부탁드립니다.

✉ 선생님이 말씀하신 소재와 비슷한 작품 투고가 들어왔는데, 긍정적으로 검토해도 될까요? 빠른 회신 바랍니다.

✉ 통화 여의치 않으시면 문자 부탁드려요.

원고는 순탄치 않았다. 본 적도 없는 좀비에 시체에 권총까지 묘사하려니 머리에 쥐가 났다. 이대로라면 진짜 좀비를 만나기 전까진 원고 마감은 무리일지도 몰랐다. 초과는 담배를 한 개비 더 피울까, 맥주나 한 캔 마실까 잠시 고민하다 입에 담배를 물고 냉장고로 향했다.

6개월을 망설이다, 1년을 끼적인 장편소설이 이제 막 클라이맥스를 향해 치닫고 있었다. 낮과 밤을 바꾸어 산 지도 1년, 그녀의 체중은 간신히 40킬로그램대를 유지하고 있었다. 쌀과 생수는 인터넷으로 주문하고, 반찬은 간혹 엄마인 숙영이 무쳐오는 겉절이나 무말랭이로 해결하다 보니 담배나 맥주가 떨어질 즈음에야 집 밖에 나섰다. 그럼에도 원고는 좀처럼 진전을 보이지 않았다.

냉장고 안에는 곤죽이 되다시피 한 양배추 반 통과 케첩, 몇 년째 그 자리인지 모를 2홉들이 들기름 병, 허리가 꺾인 와사비 튜브가 전부였다. 맥주는커녕 당장 목이 타들어 가도 수돗물이나 퍼마셔야 할 형편이었다. 맥주가 없다는 사실을 깨달은 순간 초과는 견딜 수 없이 그것이 간절해졌다. 당분간 생존에 필요한 것들을 갖추어 놓으려면 외출이 불가피했다. 초과는 술도 인터넷으로 배달되면 참 좋겠다는 생각을 하며 물었던 담배를 다시 담뱃갑에 밀어 넣고 욕실로 들어갔다.

땀에 젖은 민소매 티셔츠를 벗어 던지자, 사내처럼 납작한 유방과 앙상한 갈비뼈가 드러났다. 체모가 옅고 살결이 흰 초과의 몸은 언뜻 여중생처럼 보이기도 했지만, 성에처럼 배 위에 내리 앉은 튼 살 자국과 팬티 고무줄이 닿았던 자리에 남은 꽃받침 모양의 수술 자국은 그녀가 한차례 열매를 떨어낸 적이 있는 어미임을 일깨웠다.

초과는 샤워기를 붙잡고 수도꼭지를 돌렸다. 연일 30도를 웃도는 날씨 탓에 수돗물도 미적지근했다. 어차피 외출에서 돌아오자마자 샤워기를 붙잡아야 할 게 뻔했으므로, 그녀는 비누칠 없이 찬물에 몸만 식히고 욕실을 나왔다. 선풍기 바람에 머리를 말리며 선크림을 바르고 큼직한 튤립이 프린트된 면 원피스를 걸쳤다. 살집이 줄며 암홀이 깊어져 겨드랑이 아래로 살색 브래지어가 드러났지만, 삼복더위에 볼레로나 카디건을 껴입는 것도 우스운 꼴이라는 생각에 지갑과 휴대전화를 집어 들었다. 때마침 액정이 환해지며 전화벨이 울렸다. 발신번호는 〈모두일보〉 편집부였다.

초과는 용돈벌이 삼아 〈모두일보〉 문화면에 '띠별 오늘의 운세'를 썼다. 물론 지면에 이름을 올리는 건 저명한 역술가였다. 그녀는 주역이나 기문둔갑 같은 건 읽어 본 적도 없었고, 그 흔한 토정비결이나 사주 한번 보러 간 적이 없었지만, 지난 3년간 눈치껏 끼적이다 보니 이젠 제법 용한 역술가 포스를 풍겼다. 잠수를 타기 전, 사정을 설명하고 석 달 분을 미리 마감했는데 굳이 통화를 해야 하나 싶었다. 초과는 집요하게 이어지는 벨소리에 마지못해 통화 버튼을 눌렀다.

"정 작가, 이번 건 아니잖아."

전화를 건 사람은 편집부 이 기자였다. 일면식 없이 메일과 전화로만 소통해 왔지만 언젠가부터 이 기자는 초과에게 슬그머니 말을 놓기 시작했다.

"뭐가 아닌데요?"

"가뜩이나 뒤숭숭한 판에 일일운세까지 죽을 쑤면 무슨 맛으로 세상을 사나?"

이 기자가 말끝에 받은기침을 터트렸다.

"그러니까, 어느 부분이 죽을 쒔는지 정확히 짚어 주세요."

초과가 지갑으로 얼굴과 목덜미에 부채질을 했다.

"쥐띠, 48년 생, 무상한 인생. 어딜 가나 적막강산이구나. 뱀띠, 77년 생, 오늘도 고달픈 하루. 누구 하나 알아주는 이 없네. 닭띠, 45년 생, 공수래공수거. 과욕이 실패를 부른다. 돼지띠 59년 생, 오뉴월에도 가슴엔 칼바람이 인다. 83년 생, 위에선 누르고 아래선 치고 올라오니 죽어라 죽어라 하는구나! 더 읽어 줘야 해?"

이 기자가 다시 참았던 기침을 터트렸다.

"천생배필을 만나 설레는 첫 데이트, 공들인 모든 일이 한꺼번에 풀리는 날, 예상 밖의 행운이 따라 지갑이 두둑하구나, 뭐 이런 건 안 읽어요? 어제 맑았으면 오늘 흐릴 수도 있는 거지. 어떻게 매일 맑음, 맑음, 맑음입니까!"

초과도 서서히 언성을 높였다.

분기마다 한 번씩 이런 식으로 쑤석거리는 통에 때려치우고 싶은 마음이 굴뚝같았지만, 성질대로 걷어차 버리기엔 제법 쏠쏠한 벌이라는 걸 그녀도 잘 알았다.

"요즘 마른장마라 계속 맑음, 맑음, 맑음이야. 여하튼 무상, 적막강산, 공수래공수거, 칼바람, 죽어라 죽어라, 이 단어 다 빼래. 부장님 지시야."

"빼서 말 되면 그렇게 쓰세요. 부장님 지시면 저한테 굳이 컨펌받을 필요 없잖아요."

"나한테 왜 이래. 내가 뭐 정 작가한테 악감정 있어서 이런 전화하겠어? 나도 정말 죽을 맛이야. 어제 아침에 페인플루 판정받았는데 회사에선 바쁘다고 병가도 안 받아 줘. 지금 마스크 쓰고, 콩 주워 먹듯 해열제 삼키면서 일하는 거야. 지금 내 마음이 적막강산이고, 칼바람이다."

송화기 너머에서 이 기자가 길게 코를 풀었다.

초과는 문득 이 기자의 띠와 나이가 궁금해졌다. 이메일 주소에 붙은 숫자 77이 출생 년이라면 서른아홉 살일 터였다.

"즐거운, 꽃이 피네, 호시우행, 무지개, 웃으면 복이 온다!"

"천천히 불러 줘. 무상한 인생은 즐거운 인생이고, 어딜 가나 꽃이 피네. 호시우행, 사자성어야? 아, 아…… 잠깐만, 정 작가. 나 코피 난다. 이것 좀 틀어막고 다시 전화할게. 진짜 77년 뱀띠 고달픈 하루다."

이 기자가 코피를 훌쩍이며 전화를 끊었다.

초과는 소설로 받은 스트레스를 애먼 이 기자에게 폭발시킨 건 아닌지 내심 미안했다. 선 채로 한참이나 전화를 기다렸지만 벨은 다시 울리지 않았다. 그녀는 문자메시지로 고쳐야 할 단어들을 전송하고 현관을 나섰다.

습기를 머금은 열기가 후끈 몸을 감쌌다. 오랜만에 활짝 갠 하늘만큼은 썩 보기 좋았다. 이마에 손갓을 받치고 그늘 밑을 찾아들면서, 초과는 "시집이나 가면 딱 좋을 날씨네" 혼잣말을 뱉고 쌉싸래하게 웃었다.

폭염 때문인지, 아니면 윤재 말마따나 요즘 유행한다는 페인플루 탓인지 거리는 한산했다. 늘 노인 서넛이 둘러앉아 고스톱을 치던 평상도 비어 있었고, 컵떡볶이와 슬러시 따위로 꼬마들의 호주머니를 알겨내던 포장마차도 오늘은 보이지 않았다. 마을버스 정류장에 서자, 대형 헤어드라이어처럼 생긴 붉은 방역차 두 대가 인도를 향해 석웃내 나는 약을 분사하며 미리 녹음한 듯한 페인플루 예방 안내방송을 내보냈다.

보름 전, 물김치와 장조림을 싸들고 집으로 찾아온 엄마도 마스크를 쓰고 있었다.

"신종플루보다 전염력이 여덟 배는 강하다더라. 기침 콧물에다가 열이 짤짤 오르고 잠이 그렇게 쏟아진대. 아래층 최 집사도 페인플루 걸려서 요단강 건널 뻔했다잖니. 너야 껍데기는 꼴았어도 워낙 강골이라 걱정 없지만, 다담달이면 몸 풀게 생긴 늬 언니가 무탈해야 텐데 큰일이다."

초과와 세 살 터울의 초희는 살집도 푸둥푸둥하고 키도 훤칠했지만 어려서부터 유난히 잔병치레가 잦았다. 나팔관 임신으로 두 번의 중절수술을 겪고 올 초 다시 임신에 성공했지만 입덧이 심해 입퇴원을 반복하며 링거로 연명해 왔다. 최근에야 입덧이 잦아들어 살 만한가 싶었는데, 양수가 적고 찔끔찔끔 하혈을 하는 통에 친정인 숙영의 집에 와 몸을 추스르는 중이었다.

"엄마, 또 몸에 좋다고 한 가지만 들입다 맥이지 마. 초희가 왜 비실한 줄 알아? 엄마가 별나게 식성을 들여놔서 그래. 아토피 있다고 똥구멍 미어지게 채식만 시키고, 백일기침 한다고 혓바닥 갈라지도록 도라지만 달여 먹이고. 유난도 그런 유난이 없어."

"초희가 뭐야, 언니한테! 두 근 반짜리로 태어난 걸 사람 꼴 만들어 놓은 게 나야. 그나마 그렇게 거둬 먹였으니 지금 배불뚝이 돼서 신랑한테 뎅뎅거리고 사는 거구. 잔소리 말고 와서 가물칫국이나 퍼 가."

"나 비린내 나는 거 못 먹는다고 천만 번은 얘기했거든. 김치에 든 새우젓도 골라내는 거 잊었어? 그때마다 엄마가 전생에 중이었냐고 퍼댔잖아!"

엄마를 내쫓듯 몰아내고 나서, 초과는 오랜만에 허기를 느꼈다. 마지막 남은 라면에 햇반을 데워 배를 채우고 나서도 헛헛함은 쉬이 수그러들지 않았다. 맹렬한 허기의 정체가 상대적 박탈감이라는 걸 그녀는 오랜 경험상 잘 알고 있었다. 초희를 향한 엄마의 맹목적 사랑은 때때로 초과를 엄마 있는 고아로 만들었다.

생선코너를 휑하니 지나쳐 알뜰코너 앞에 다다른 초과는 물러가는 방울토마토와 갈색 점을 뒤집어쓴 바나나 반 송이 사이에서 갈등했다. 과일을 좋아하지는 않지만, 의무적으로 챙겨 먹으려 노력 중이었다. 차라리 랩에 포장해 놓은 수박 반 통을 사는 게 나을까 고개를 돌리는데 휴대전화가 울렸다. 낯선 번호였다.

"정초과 씨 핸드폰 맞나요?"

삼십 대 여자의 차분한 목소리였다. 보험이나 대출 관련 텔레마케팅일 가능성도 있었지만, 전문 상담원치곤 지나치게 조심스럽고 정중한 말투였다.

"맞는데 누구세요?"

"저, 유이 엄마예요."

방울토마토를 내려놓고 간단없이 떨리는 손을 주체하지 못하고 원피스 자락을 꼭 쥐었다. 어디선가 아기 울음소리가 들렸다. 침이 마르고 가슴이 쿵쾅거렸다.

✦

　초과가 유이를 낳은 건 9년 전 초여름이었다. 스무 살의 그녀는 저체중에 저혈압, 게다가 희귀 혈액형인 RH-O형의 고위험군 산모였다. 초과와 그녀의 남편 이석은 자연분만을 간절히 원했지만, 이틀 동안의 혹독한 진통에도 불구하고 자궁문은 2센티미터 이상 벌어지지 않았다. 진통과 혼절을 반복하며 악을 쓴 초과의 얼굴은 실핏줄이 터져 빨간 거미줄을 뒤집어 쓴 듯 처참한 몰골이 되었고, 혈압과 산소 포화도도 들쑥날쑥했다. 의사는 보호자 대기실에 있던 이석과 초과의 엄마 숙영을 호출해 제왕절개를 권유했다.

　숙영 역시 제왕절개로 아이 셋을 출산했다. 연년생으로 남매를 낳고 자궁유착이 있어 셋째는 포기하려던 찰나에 덜컥 아이가 들어섰다. 외동으로 자라 자식 욕심이 많았던 숙영은 의사의 만류에도 불구하고 출산을 감행했다. 정원을 초과해 태어난 아이는 초과라는 이름을 얻었다. 삼 남매 중 유일하게 초과에게 희귀 혈액형을 물려준 그녀는 딸이 진통을 겪는 40시간 동안 분만실 앞에 버티고 앉아 도시락과 과일을 소처럼 새김질하며 체력과 혈액을 비축했다. 여차하면 수술대에 누워 피든 살이든 뼈든 마음껏 발라내어 딸과 손녀를 살려 내리라 마음먹었다.

수술동의서를 받아든 이석은 턱에 볼펜 꼭지를 찍으며 미국에 사는 제 엄마에게 전화를 걸었다. 그러고는 떠듬떠듬 수술동의서에 적힌 수술 방법과 처치될 약물, 그에 따른 부작용들을 읽어 내려갔다. 통화는 길어졌고, 피로한 기색이 역력한 젊은 의사는 팔짱을 끼고 서서 손목시계를 흘끔거렸다. 이동식 침대에 실려 분만실로 들어가는 낯선 산모가 똥을 누듯 심각한 얼굴로 끙끙거리며 산통을 참다 "엄마!" 하고 몸을 뒤틀었다. 그러자 휴대전화를 귀에 바짝 붙인 이석이 어깨를 들썩이며 울기 시작했다. 그는 어린애처럼 소매로 눈가를 훔치며 작은 목소리로 "마미, 아이 캔트 테이크 잇. 잇츠 저스트 투 머치. 아임 스케어드!"라고 우물거렸다.

"사부인, 초과 애밉니다."

보다 못한 숙영이 이석의 휴대전화를 가로챘다.

"네, 아시다시피 전 석이 애미예요. 그러니까 우리 석이나 바꿔주세요."

이석의 엄마는 뉴욕에서 상류층 백인들을 상대로 운영하는 고급

스파의 오너였다. 그녀는 마지못해 아들의 비행을 모른 척 눈감아주고 있었지만, 초과의 임신과 출산 소식이 영 달갑지만은 않았다.

"각설하고, 우리 애 수술시킵니다."

"쉬운 초산이 어디 있답니까. 산모가 엄살떠니까 수술하자는 거지. 제왕절개 수술할 때 들어가는 마취제, 항생제, 지혈제 이런 거 애기한테는 극약인 거 아세요? 미국에선 언유주얼 한 케이스 아니면 다들 자연분만 합니다. 더 참아 보라고 하세요. 닥터 바꾸시든지요."

숙영은 자신도 모르게 송화구에 대고 픽 코웃음을 터트렸다.

"허, 기가 맥혀. 이건 뭐 뱃놈이 섬놈 더러 쌍놈아 하는 격이로구먼. 우리 초과가 그 집 씨받이라도 됩니까? 나는 탯덩어리 손자보다 생때같은 내 새끼가 더 중합니다. 그리 아시구랴."

숙영은 이석에게 팽개치듯 휴대전화를 돌려주고 수술동의서와 볼펜을 낚아채 사인을 휘갈겼다. 그녀는 뺨에 힘살이 드러나도록 어금니를 깨물고 간호사실로 걸어가 팔을 걷어붙였다.

"보호자 분, 일단 저희가 혈액원에 RH-O형이 있는지 확인 중이에요. 수혈이 필요하더라도 환자한테 적합한 혈액인지 검사해야 돼서, 저희가 지정한 긴급 헌혈자를 찾는 게 더 빠를 거예요."

간호사의 조곤조곤한 설명이 이어졌지만, 숙영은 좀처럼 걷어붙인 팔을 내리지 않았다.

"생판 모르는 남의 자식 고생시키지 말고, 모질이 피 물려준 죄 많은 애미나 쪽쪽 빨아가란 말이우. 나 혈압, 당뇨 같은 거 없어. 술 안 먹고 담배도 안 먹거든. 나이도 쉰하나밖에 안 됐다니까."

숙영은 자신이 하고 있는 말이 얼마나 바보 같고 억지스러운지 잘 알았다. 그러나 스물네 살이 되도록 제 어미와 탯줄조차 끊지 못한 어리고 물러터진 사위 옆에서 무력하게 수술실 자동문만 쳐다보고 있기는 싫었다.

두 시간 후, 혈액원에서 피가 도착했다. 운이 좋게도 수혈 없이 제왕절개 수술이 치러졌고, 아기는 양배추인형처럼 작았지만 똑똑하기 그지없었다. 곧이어 아랫배에 활처럼 휜 길고 붉은 상처를 얼기설기 꿰맨 초과가 회복실로 옮겨졌다. 그녀는 수술실 밖에서 벌어진 한바탕 소동은 알지 못한 채, 부루퉁한 낯으로 사위를 톺아보는 숙영이 영 못마땅해 고개를 돌렸다.

대학 신입생 시절, 미국 국적의 교환학생 이석에게 한눈에 반한 초과는 교제 3개월 만에 유이를 임신하고 예식 없이 동거를 시작했다. 숙영은 인물만 멀끔할 뿐, 당최 사내다운 박력이라곤 찾아볼 수 없는 이석이 눈에 차지 않았지만, 태어날 아기가 갖게 될 국적과 딸이 중학교 때부터 노래를 부르던 미국 유학, 그리고 사윗감의 건강하고 훤칠한 육신을 믿고 동거를 승낙했다. 남편과 간암으로 사별을 한 뒤 된서리 맞아가며 동동거리고 살아온 그녀에겐 인물보단 건강이 남자의 자격이었다.

생활비는 미국에 사는 이석의 부모님에게 의존했고, 출산 후엔 뉴욕으로 거처를 옮겨 학생부부가 되기로 약속했다. 하지만 그들의 계획은 출산 5개월 만에 산산조각 났다. 학교와 아파트를 알아본다며 먼저 미국으로 들어간 이석은 어쩐 일인지 연락이 끊어졌다. 휴대전화가 꺼져 있어, 몇 차례 본가로 전화를 걸어 봤지만 무미건조한 자동응답기의 대꾸만 듣다 끊을 뿐이었다.

통장에 든 돈이 바닥날 즈음, 초과의 원룸으로 이십 대 후반의 아담한 체구의 여자가 찾아왔다. 여자는 커다란 과일 바구니를 현관에 내려놓고 얌전히 인사를 했다.

"제시카 리라고 합니다."

그때 초과는 이석과 제시카의 얼굴과 골격이 조금도 닮지 않았지만, 성 씨가 같은 걸 보면 혈육일지 모른다는 생각을 했다. 잠이 오는지 등에 업혀 짱알대는 유이를 추어올리며, 초과는 다급히 방 안에 너부러진 아기 내복과 젖 묻은 티셔츠를 한쪽으로 치웠다.

"오빠는 어디 있어요?"

초과의 물음에 제시카가 고개를 숙였다.

"미안해요. 석이는 미국에서 잘 지내고 있어요."

"잘 지내고 있는데, 뭐가 미안하다는 거예요? 오빠 언제 들어온대요? 바쁘면 데리러 오지 말고 거기 있으라고 해 줘요. 우리가 가면 되니까."

어째서인지 초과는 눈시울이 뜨끈하고 목구멍이 뻐근했다. 문득 제시카가 그녀의 앞에 무릎을 꿇었다.

"석인, 겁먹고 있어요. 자기가 저지른 잘못이 얼마나 어마무시한 일인지 이제야 깨달은 것 같아요. 초과 씨를 만나러 올 용기가 없대요."

"누구세요? 누군데 오빠에 대해 다 아는 척, 대변인처럼 우릴 찾아 왔냐고요?"

혈육일 거란 막연한 믿음이 조금씩 허물어지고 있었다.

제시카의 긴 속눈썹에 잠시 머물렀던 눈물이 콧방울로 투툭 떨어졌다.

"서류상 우린 부부예요."

그제야 초과는 제시카와 이석의 성 씨가 같은 이유를 깨달았다. 초과의 요란한 심박동에 잠투정이 심한 유이가 제 뺨을 손톱으로 쥐어뜯으며 서럽게 울기 시작했다.

"나도 당신과 비슷해요. 대학교 3학년 때 한국에 놀러 온 석이를 처음 만났어요. 그때 석인 갓 스무 살이었고 지금보다 더 제멋대로인 어린애였죠. 남자로 느껴지진 않았어요. 영문과생이었으니까, 영어로 얘기하는 게 마냥 재밌어서 석이가 묵는 레지던스에 매일 드나들었어요. 그러다, 아기가 생겼죠. 석이가 당신에게 한 약속처럼 우리 세 식구는 미국으로 떠났어요. 처음 1년은 좋았죠. 늘 그랬듯 미국은 기회의 땅이니까요. 석이가 휴학을 하고 아기를 돌보는 동안 난 공부를 했어요. 그땐 실감하지 못했지만, 어쩌면 꽤 행복했는지도 몰라요. 우리가 이렇게 된 건 작년 봄에 아기를 잃고 나서였어요. 석이가 나를 픽업하러 나오는 길에 교통사고를 냈어요. 범퍼가 조금 찌그러진 정도의 경미한 사고였는데 뒷자리에 있던 아기는 죽었어요. 베이비카시트 벨트가 헐거웠대요. 벨트 사이로 아기가 빠지면서……."

"그러니까, 어쩌라구. 나보고 어쩌라구!"

초과가 제시카의 말을 싹둑 자르고 고함을 내질렀다. 유이도 맹렬한 기세로 울음을 터트렸다.

"난 양쪽 나팔관이 막혔어요. 더 이상 아기를 낳을 수 없단 얘기죠. 우리가 유이를 키우게 해 줘요. 다시는 안 놓치고 잘 키울 자신 있어요. 친엄마 존재 숨길 생각 없어요. 나중에 유이가 엄마를 찾을 땐 언제든 만나게 해 줄게요. 하나 더 약속할 수 있어요. 사는 동안 내가 당신 대신 석이 벌줄게요. 가장 행복해하는 순간마다, 당신이 느꼈을 배신감과 두려움에 대해 얘기해 줄 거예요. 그건, 내가 아니고선 아무도 할 수 없는 일이에요."

제시카가 무릎걸음으로 다가와 초과의 다리를 끌어안고 흐느꼈다.

초과의 전화를 받고 한달음에 뛰어온 숙영은 씩씩 숨을 몰아쉬며 제시카가 가져온 과일바구니를 풀어헤쳤다. 그러고는 알이 굵고 반들반들 윤기가 흐르는 머드러기들을 마구잡이로 음식물쓰레기봉지 안으로 던져 넣었다. 사과, 배, 머스크멜론, 스위티, 체리와 천혜향, 키위 그리고 맨 아래 깔려 있던 석류를 들어내자 엽서 크기의 봉투 한 장이 나왔다. 안에 든 것은 7, 8개월 남짓한 아기가 담긴 폴라로이드 사진이었다. 하얀색 레이스 보닛을 쓰고 잔디밭에 앉아 양손을 번쩍 추켜올린 아기는 놀랍도록 유이와 닮아 있었다.

"야! 끼고 앉아 애미새끼 세트로 궁상떨지 말고 달랄 때 줘 버려. 넌 호적 깨끗하니까 언제라도 새 시집가면 될 거 아냐. 어디 한강에 배 지나간 자죽 남든? 그깟 사내 하나 엎어졌다 간 거 요즘 세상에 흠도 아니고 너랑 나만 입 꼬매면 누가 알 거야?"

숙영은 앓아누운 초과의 품에서 유이를 떼어 내 등에 업고 집을 나섰다. 그녀는 아울렛 매장에서 세일을 하고도 기십만 원이 훌쩍 넘는 분홍색 아기 원피스를 사고 빨간 샌들과 타이즈도 장만했다. 그리고 들른 곳은 아기사진 전문 스튜디오였다. 곤히 잠든 유이를 들깨워 새 옷을 입히고 수백 장의 사진을 찍었다. 사진사가 원하는 사진을 고르면 액자와 미니앨범, 롤스크린도 만들 수 있다고 했다. 숙영은 아저씨 눈에 제일 예쁘게 나온 거 세 장만 추려, 집으로 보내 달라 이르고 셈을 치렀다. 그녀는 약국에 들러 젖 말리는 약을 사들고 타박타박 집으로 돌아왔다.

컴컴한 원룸에 불을 켜고 보니 초과가 태아처럼 몸을 동그랗게 말고 잠이 들어 있었다. 퉁퉁 분 유방에서 흘러나온 젖에 티셔츠와 덮고 있는 얇은 담요가 젖어 있었다. 젖내를 맡은 유이가 입술을 배쭉거리며 제 어미에게 팔을 뻗었다. 젖을 물리는 대신, 숙영은 커피포트에 물을 올리고 분유를 탔다. 생이별이 운명이라면 오래 지분거려 좋을 게 뭔가 싶었다.

이튿날부터 제시카는 초과의 원룸을 찾아왔다. 그녀는 들통과 우족을 사다 푹 고아 싫다는 초과에게 먹이고, 자신도 오만상을 찌푸리며 곰국 한 대접씩을 비웠다. 그러고는 블라우스 단추를 풀어 브래지어를 올린 뒤 유이의 입에 젖꼭지를 물렸다. 젖이 나올 리 없었지만 제시카는 젖꼭지가 퉁퉁 붓고 생살이 벗겨지는데도 아랑곳없이 매일 젖을 물렸다. 한 달 뒤, 유이는 제시카의 품에 안겨 뉴욕행 비행기에 올랐다. 제시카의 스웨터 앞자락에 알른알른 젖 자국이 번져 있었다.

초과는 휴대전화를 귀에 바짝 붙였다.

"유이한테 무슨 일 있어요?"

"우리 한국에 들어왔어요."

일순간 마트의 소음이 사라지고, 그녀와 제시카가 주고받는 숨소리만이 세상을 가득 메웠다.

"지금 어디 있는데요?"

"유이가 좀 아파요. 심각한 병은 아니고 탈장증세가 있어서 수술을 해야 하는데, 엄마가 있는 한국에서 받고 싶어 했어요. 이렇게 페인플루가 유행할 줄 알았으면 날짜 조정하는 건데, 미안해요."

제시카는 친엄마의 존재를 숨기지 않겠다던 약속을 잊지 않았다.

"수술이 언젠데요?"

"다음 주 화요일이요. 위험한 수술은 아니라지만 혹시 몰라서 지정 헌혈자를 구해 놓기로 해서 연락했어요. 혹시 하루 일찍 와서 검사 좀 받아 줄래요? 하룻밤 유이랑 같이 자고 수술 끝나는 것도 지켜봤으면 좋겠는데."

미국에선 드물지 않은 혈액형이지만, 한국에서 RH-O형 혈액을 구하는 일은 쉽지 않았다.

"유이가 그래도 된대요? 그 애도 나를 만나고 싶대요?"

"지난번 마더스데이에 카드를 두 장 썼어요. 하나는 한국에 있는 엄마에게 주고 싶다고. 한국 들어올 때 가져왔어요. 유이 손재주가 좋아서 봉투도 직접 만들고 그림도 그렸어요. 썩 잘 만들었어요. 검사는 아침 열한 시로 예약해 뒀어요. 지성대학병원으로 와서 이 번호로 전화 주세요. 같이 내려갈게요."

"헬로우, 마미. 암 오케이. 씨 유 쑤운!"

휴대전화 너머 저편에서 싱그러운 여자아이의 목소리가 섞여들었다.

"알겠어요. 시간 맞춰 그리로 갈게요."

"미안하고 고마워요."

용건이 끝났지만 제시카는 먼저 전화를 끊지 못했다. 통화 종료 버튼을 누른 초과의 귀뺨이 한 대 얻어맞은 것처럼 붉게 달아올랐다. 일 년에 두세 번, 제시카는 초과의 이메일로 사진이나 아이가 그린 그림을 보내왔다. 아이가 글씨를 배우기 시작할 무렵엔 스케치북에 삐뚤빼뚤한 솜씨로 '정초과'라고 쓴 뒤 키스를 보내는 동영상이 전송되었다. 매년 초과의 생일엔 원피스나 크로스백, 메리제인 구두가 같은 디자인을 착장한 유이의 사진이 소포로 왔다. 그러나 초과는 단 한 번도 답장이나 선물을 보내지 않았다. 그녀에게 유이는 화면 너머에서 열렬한 마음을 담아 바라볼 수는 있되, 감히 애정을 고백하거나 답삭 끌어안을 수 없는 2D 캐릭터와 같았다. 어쩌면 영원히 만나지 못할 거라고 생각했던 아이가 자신을 찾아왔다는 사실이 초과를 기껍고도 당혹스러웠다.

"햄 세일합니다. 원 플러스 원, 한번 드셔 보세요."

마트 종업원이 갓 구워낸 햄 한 조각을 녹말이쑤시개에 꽂아 초과에게 내밀었다.

그녀는 퍼뜩 시시때때로 찾아드는 현기증과 손발저림이 빈혈 증상은 아닌지 의심했다. 누군가 중독이라고 단언해도 반박하지 못할 빈도의 알코올 섭취, 하루 한 갑에서 두 갑 사이를 오가는 흡연량, 그리고 저체중. 다른 날 같았으면 종업원이 주는 대로 받아먹었을 시식 기회였지만, 인스턴트식품이 몸에 이로울 리 없다는 생각에 그녀는 고개를 내저었다.

"아줌마, 피 맑아지려면 뭐 먹어야 돼요?"

초과의 느닷없는 질문에 종업원이 잠시 어리둥절한 표정을 짓다가 이내 사무적인 미소를 띠었다.

"미역이나 다시마가 좋다고 하던데, 저기 8번 코너 가시면 건어물 있어요."

초과는 거칠게 카트를 몰아 8번 코너로 향했다. 그녀는 마른 미역의 종류가 이렇게 많은 줄은 오늘 처음 알았다. 자른 미역, 줄기를 제거한 미역, 돌미역, 쇠미역, 실미역. 도무지 어떤 미역을 골라야 피가 맑아지는지 가늠할 수 없었다. 초과는 다시 종업원을 찾아갈까 고민하다 휴대전화를 들어 키패드 1번을 길게 눌렀다. 신호음이 세 번 반쯤 울렸을 때 숙영이 전화를 받았다.

"웬일이래? 니가 나한테 전화를 다 하구. 허긴 반찬 떨어질 때가 지나도 한참 지났지."

"엄마, 미역 살 건데 뭐가 제일 좋아? 맛 말고 몸에 좋은 거 말이야."

"내가 마르고 닳도록 얘기했는데 죄 허투루 들었구먼. 누누이 얘기했다시피 젤 비싼 게 젤루 좋은 거야. 근데 술 먹고 담배 먹는 애가 몸에 좋은 건 찾아 뭐해?"

초과가 재빨리 상품 가격을 확인했다. 산모용 미역이 가장 비쌌고 양도 많았다.

"이거 물 넣고 간장 넣고 끓이면 돼?"

"등신아, 니 나이가 낼모레 서른이다. 미역국 하나 끓일 줄을 모르는 걸 누가 데려가니? 먼저 뿔려야 할 거 아냐. 푹 뿔려서 야들야들해지면 찬물에 거품 안 날 때까지 행궈. 그리고 잘라. 아 참, 고기는 미리 물에 담가서 핏물을 빼야 돼. 야, 듣냐?"

"맛은 없어도 된다니까!"

"얘 좀 봐. 맛이 있어야 많이 먹을 거 아냐. 요즘 사람들이 뭐가 문젠지 알어? 다들 오래 살겠다고 고기 안 먹지, 미원 안 먹지, 소금 안 먹지, 죄 싱겁고 풋내 나는 풀떼기만 토끼처럼 뜯고 사는 거야. 요새 왜 살인강도가 판치겠어. 사람이 배불러 봐라, 손에 칼을 쥐어 주면 도마로 가지 남의 배때기로 갈 일이 있나. 하다못해 지 손가락 거스러미라도 살점을 뜯어먹어야 정신이 나는 거야. 그니까 사는 김에 마늘이랑 양지머리도 사서 집으로 와. 초희도 가물칫국 질렸다고 툴툴대더라."

보통 때라면 또 초희 타령이냐고 말끝에 징을 박았겠지만, 한가하게 언니랑 질투하고 있을 짬이 없었다. 앞으로 남은 시간은 사흘. 그동안 어떻게든 피와 살을 불려야 했다. 초과는 산모용 미역과 양지머리, 성주 참외와 방울토마토, 견과류 믹스, 종합비타민 등을 사들고 택시를 탔다. 귀밑머리가 희끗한 택시기사는 라디오 볼륨을 줄이고 목적지를 물었다.

"상명동 갈 건데, 지금 길 안 밀리나요?"

에어컨 탓에 어깨를 움츠린 초과가 기사에게 물었다.

"길 하나도 안 막혀요. 페인플루 때문에 휑하잖아요. 마트도 한가하죠? 길 뻥뻥 뚫립니다."

그러고 보니 거리도 마트 안도 한산했다. 계산대 절반이 잠긴 것 역시 캐셔들의 결근 때문이었다.

"페인플루 많이 심각해요? 예방법 같은 건 없구요?"

피와 살을 늘리는 것도 중요하지만, 페인플루라도 감염되는 날엔 유이를 만날 수 없을지도 몰랐다. 수많은 사람들이 엉덩이를 비벼대고 코와 입에서 나온 체액이 닿았을 택시가 안전할 리 없었다.

"테레비 잘 안 보시는구나. 요새 맨날 뉴스에서 떠들어요. 나갔다 들어오면 손발 씻고 양치질하라고. 우리도 회사에서 마스크 나눠 주긴 하는데, 그거 뭐 효과 있어요? 천 쪼가리지. 페인플루 걸려 죽었단 사람도 없는데 너무 유난들이에요. 아마 모르긴 해도 대통령이나 대통령 졸개들이 사고 치고 그거 조용히 덮으려는 수작이겠죠. 어디 한두 번 속나."

몇 시간 전의 초과라면 택시기사의 말에 동조했을 테지만, 지금은 상황이 달라졌다. 만에 하나 페인플루에 감염되기라도 한다면 수혈을 거부당할 수도 있었다. 여느 날이었다면 15분은 좋이 걸릴 거리인데, 과속을 하지 않고도 10분 만에 숙영의 집 앞에 당도했다. 초과는 잔돈을 거슬러 받는 게 찝찝해 오천 원짜리 지폐를 내려놓고 도망치듯 택시에서 내렸다.

건물 사이로 난 좁은 골목길을 빠져나와 30미터쯤 오르막길을 올라가자 붉은 벽돌로 지은 연립촌이 나타났다. 비슷한 시기에 건축된 연립들은 제각각 이름이 달랐지만, 같은 거푸집에서 찍어 낸 것처럼 외형이 비슷했다. 불과 10년 전까지만 해도 연립촌 사람들은 연탄보일러를 땠고, 겨울이면 살비듬 같은 연탄재가 풀풀 날리는 오르막길 한편에 누군가 타다 버리고 간 비닐포대가 구겨져 있곤 했다. 길은 수십 년간 비닐포대 위 작은 엉덩이들의 힘으로 맨질맨질 길이 들어 있었다.

"크흐흐흡, 정초과!"

누군가 초과의 손에서 비닐봉지를 낚아챘다. 늙은 호박처럼 거대한 두상에 덥수룩한 머리, 삼남매 중 맏이인 근대였다.

"오빠 어디 갔다 와?"

근대는 명문 대학을 졸업하고, 게임회사 애니메이터로 근무한 적이 있지만 재작년, 오랜 지병이었던 뚜렛증후군이 악화되며 직장을 그만두고 고향으로 돌아왔다. 흔히 틱장애라고 알려진 그의 병은 말이나 행동이 제멋대로 반복되는 증상을 보이는데, 근대의 경우엔 크흐흡, 하고 가래 돋우는 소리와 함께 팔다리가 파들파들 떨고 목이 좌우로 꺾이는 복합적인 형태를 띠었다.

"크흐으으흡, 국민은행. 코페 티켓을 샀는데, 인터넷뱅킹이 먹통이더라고. 입금하고 오는 길이야. 크흐읍하."

"코페?"

"코믹페스티벌, 몰라? 글 쓴다는 애가, 크흐흡, 어떻게 그런 걸 몰라. 부스 차리고 동인지도 팔고, 코스프레도 하고. 전국의 덕후들이 다 모이는 축제야."

초과는 스스로를 오타쿠라고 말하는 서른세 살의 오빠를 측은한 눈길로 바라보았다.

"예수 믿고…… 천국 가세요."

오르막길의 끝, 그러니까 숙영의 연립 초입에 꼬부장한 노인이 서 있었다. 연립촌이 어깨를 이어 만들어 낸 괴괴한 그늘 아래에서 있는 노인은 속바지에 러닝셔츠 바람이었다.

"아래층 최 집사지? 저 할머니 노상전도도 해?"

초과가 귓속말로 소곤거리며 노인에게 수인사를 했다.

틀니를 빼놓았는지 허룩한 뺨 탓에 노인의 얼굴은 비틀어 짜놓은 오이지처럼 초췌했지만 입술은 푸들푸들 웃는 모양새였다. 부윰한 눈동자를 둘러싼 결막은 붉게 충혈되어 있었고, 퇴행성관절염 탓에 유난히 톡 발그러진 무릎엔 자잘한 상처가 가득했다.

"크흐흐흐흡, 안 저러던 노인넨데. 페인플루가 아니라 노망이 났나?"

근대가 팔에 경련을 일으키며 노인에게 인사를 했다.

"예수…… 천국, 불신…… 지옥."

노인도 경련을 일으키듯 팔다리를 후들후들 떨며 목을 꺾었다.

"저 할매 왜 저래. 지금 오빠 흉내 내는 거 아니야? 내가 가서 한마디할까?"

노인은 초과가 중학교 때 아래층으로 이사를 와 15년을 부대끼며 사는 동안 말썽 없이 지내온 선량한 이웃이었다. 정정했을 땐 꽤나 여기저기 후비고 다니며 열심히 전도를 했지만, 기력이 떨어진 근래엔 주일마다 품에 안고 다니는 성경조차 아들에게 맡겼다.

"노인네도 틱 걸렸나 보지 뭐. 올라가자. 크흐흐흡."

근대가 이번엔 진짜로 가래침을 뱉더니 노인을 외면하고 연립 입구로 들어섰다. 공터에 남은 노인은 여전히 팔다리에 경련을 일으키며 부정확한 발음으로 예수천국, 불신지옥을 주절거렸지만 들어

줄 만한 행인은 그들 남매가 마지막이었다.

"어떻게 만나서 같이 오네?"

숙영이 근대의 손에서 비닐봉지를 넘겨받으며 활기를 띠었다.

집 안은 후끈한 열기와 비릿한 냄새로 가득했다. 초희도 큰 배를 앞세우고 나와 봉지 속 큼지막한 참외에 환호했다. 근대는 셔츠와 러닝을 벗어던지고 욕실로 들어갔고, 오랜만에 세 모녀가 한데 모였다. 초과가 손부채질을 하며 식탁의자에 앉았다. 초희도 견과류 봉지를 뜯으며 그 옆에 앉았다.

"날씨가 이래서 재우재우 데워 놔야 안 상해. 너 가물칫국 먹을래?"

초과는 진즉부터 비위가 상해 있었지만, 유이를 떠올리며 앞으로 사흘 동안은 뭐든 주는 대로 먹겠다는 의지를 다졌다.

"응, 줘."

"웬일이래? 뭐든 안 먹는 게 니 특기잖아."

오도독, 마카다미아를 씹으며 초희가 새살맞게 종알거렸다.

"유이가 왔어."

가스레인지 레버를 돌리던 숙영이 화들짝 놀라 손을 멈췄다.

"왜? 뭔 일로 왔대? 이제 와서 계모가 못 키우겠다고 나자빠져?"

숙영이 입을 다물지 못하고 어정어정 식탁으로 다가섰다.

"그런 거 아냐. 탈장수술을 받아야 하는데, 지가 한국 들어오고 싶어 했대. 아까 걔 엄마랑 통화했어. 수혈 좀 해 줄 수 있냐고."

숙영이 가슴을 쓸어내리며 쉰내 나는 숨을 길게 뽑았다.

"앙큼한 년, 저 필요하니까 애미 생각이 났구먼."

괜히 마음에도 없는 상소리를 하며 숙영이 가스레인지로 돌아갔다.

"어디 병원?"

초희가 마카다미아만 골라 먹으며 물었다.

"지성대학병원. 넌 왜?"

"잘됐다. 나도 산부인과 옮길 생각이거든. 괜찮다곤 하는데, 변두리 산부인과에서 뭘 알아. 수술을 하더라도 큰 병원 가서 해야지. 너 갈 때 묻어가면 되겠네."

숙영이 가운데가 옴폭 파인 나무도마를 꺼내 파를 썰었다.

"니들 가는 김에 나도 서울 구경하면 좋겠다."

초과는 숙영의 목적이 서울 구경이 아닌 손녀 구경이라는 걸 알고 있었다. 유이와 헤어지던 날, 초과 대신 손녀를 품에 안고 인천공항까지 따라갔던 숙영은 돌아오자마자 보름을 끙끙 앓아누웠다.

"오다 아래층 할머니 만났는데, 좀 이상하더라. 속옷 바람으로 나와서 예수천국 불신지옥 떠들고 있어. 몸도 부들부들 떨고."

파와 얇게 썬 마늘, 소금을 식탁에 내려놓은 숙영이 고개를 갸웃거리며 베란다로 나갔다.

"할머니, 거서 혼자 뭐해? 아들한테 전화 안 왔어? 집에 밥은 있구?"

노인이 느릿한 동작으로 고개를 쳐들고, 숙영을 향해 구멍 같은 입을 달싹거렸다.

"예수…… 천국, 불신…… 지옥."

"저 노인네도 딱하게 됐어."

숙영이 혀를 차며 밥솥에서 밥을 폈다.

"왜?"

뭐든 궁금한 건 참지 못하는 초희가 식탁에서 일어서 베란다로 나갔다.

"근대가 보니까, 새벽 네 시에 노인네 아들며느리가 손주랑 짐 싸들고 어딜 가더래."

"여행 갔나 보지. 할머니 똥오줌은 가리잖아. 전엔 식사도 잘 하셨고. 이삼일이야, 뭐."

초과가 냉장고를 열어 열무김치와 메추리알장조림을 꺼냈다.

"그게 아냐. 전날 저녁에 며느리가 와서 이달 치 공동전기세랑 청소비 미리 주고 갔어. 친정이 완도인데 당분간 그리로 피신 간다고. 섬 지방은 아직 페인플루 환자가 안 나왔다나 봐."

숙영은 부엌 벽에 매달아 놓은 쇠국자로 국을 폈다. 씻어도 씻은 티가 안 나게 궁짜가 든 국자를 꺼낼 때마다 딸들은 이제 그만 버릴 때도 되지 않았느냐고 면박을 주었지만, 숙영은 늙은 물건이라도 놔두면 다 쓸모가 있는 걸 당최 요즘 애들은 아까운 줄 모른다고 쏘아붙였다.

"엄마, 저 할머니 진짜 이상해졌네. 저러니까 버리고 갔지."

베란다에서 돌아온 초희가 고개를 절레절레 흔들었다.

"왜? 뭐 어쩌고 있는데?"

"썬그라스 낀 중늙은이하고 서로 끌어안고 브루스 추고 있어. 아직 해가 중천인데, 남사스러워라."

이번엔 초과도 궁금증을 참지 못하고 베란다로 나갔다. 가뜩이나 좁아터진 공간에 초희가 인터넷으로 주문한 맥클라렌 유모차까지 떡 버티고 있어 몸을 웅크려야 했다. 목을 길게 빼고 노인이 있던 자리를 눈으로 더듬었다. 정말 초희의 말대로 노인은 비슷한 또래의 다른 노인과 뒤엉켜 있었다. 초과의 눈엔 그들 둘이 서로를 끌어안고 블루스를 춘다기보다 고장 난 로봇처럼 무신경하게 걷다 진로가 겹쳐 한자리를 맴돌고 있는 것처럼 보였다.

"어머, 누군가 했더니 맞은짝 사는 주찬이 할아버지네. 저 양반 뭐라고 지껄이니?"

엄마가 겨드랑이 사이에 국자를 끼고 나와 구경에 합류했다.

"좌…… 빨, 좀비…… 어쩌구. 저게 무슨 소리야?"

"또 그 타령이구만. 주찬 할아버지 국가유공자잖아. 맨날 쓰고 다니는 검은 모자도 상이군인들한테 주는 거구. 옆구리에 가짜 총까지 떡억 차고 다녀. 저러고 큰길 나가 서 있다 젊은 애들 만나면 북한 놈들한테 선동돼서 좌빨 좀비 되지 말라고 소리를 고래고래 지른단다. 주찬아빠가 질색팔색을 하는데 저런 건 또 안 말리구 있네."

초과가 가물칫국을 먹는 내내, 숙영과 초희는 페인플루 얘기만 했다. 욕실에서 반벌거숭이로 나온 근대가 잽싸게 제 방으로 들어갔다. 초과는 잠시 열렸던 방문 틈으로 피규어 진열장과 핑크 일색의 브로마이드를 보았다.

"서울 사는 내 친구가 아까 톡으로 얘기해 준 건데, 엊그제부터 구청에서 페인플루 진료기록 있는 사람들 찾아다니면서 검사한다고 어디로 데려갔대. 이게 중국이랑 우리나라만 유행하는 병이라서 출입국도 통제된다는 얘기가 있어. 다른 나라에서 뺐지 놓는 거지. 이럴 줄 알았으면 몸 가벼울 때 진 서방이랑 실컷 놀러나 다닐걸 그랬나 봐. 남들은 태교여행도 좋은 데 많이 다닌다던데."

초희가 베이킹파우더 푼 물에 참외를 씻으며 말했다.

"그게 엄청 지독스러운 병인가 보더라. 아래층 최 집사 변한 거 봐라. 초희 너도 여기서 몸 풀어. 괜히 서울 간다고 깝죽대다 페인플루 옮으면 어쩔라구 그래. 진 서방은 좀 괜찮대? 엊저녁부터 오한 든댔잖아. 전화 좀 넣어 봐."

숙영이 미역봉지를 뜯으며 대답했다.

"요샌 다 그런 식으로 인프라를 만드는 거야. 엄마들 병원서 만나 산후조리원 같이 가고, 나중에 동기들끼리 육아 정보 주고받으며 키우는 거지. 지성대병원이면 교양과 품격의 본진이잖아. 난 우리 딸 절대로 촌년 만들지 않을 거야. 그리고 우리 조카 얼굴 좀 보자. 이모가 돼서 여태 까꿍 한번 못 해 줬잖아. 응? 응?"

너부죽한 한 얼굴에 큰 유방, 항우장사 같은 덩치에 걸맞지 않게 초희는 애교가 많았다.

"넌 니 서방 걱정도 안 돼? 고만 힝힝거리고 신랑한테 전화나 넣어 보래도!"

숙영의 닦달에 초희가 입술을 비쭉거리며 휴대전화를 집었다.

"응, 자기 어디? 몸은 좀 어때? 어, 병원 갔었구나. 페플 아니래지? 뭐, 진짜? 그럼 어떡해? 울 자기 죽 끓여 줘야 하는뎅. 희야 마스크 쓰고 지금 갈까? 보고 싶단 말이야. 응. 응. 그치, 우리 애기가 더 중요하지. 그럼 페이스북에 여봉봉 사진 좀 올려 주라. 내가 좋아요 눌러 줄게."

초과의 신랑마저 페인플루에 감염된 모양이었다. 듣고 있던 숙영이 걱정스러운 얼굴로 초과의 전화를 뺏었다.

"진 서방? 저녁은 어쩌누? 어, 어머니가 다녀가셨구먼. 내가 반찬 좀 싸서 가는 건데. 나야 김치하고 마늘 많이 먹어서 괜찮아. 까딱없어. 초희 담 주에 서울로 병원 옮긴다고 하던데? 저 고집을 누가 말려. 나중에 진 서방이 애기 보러 다니기 힘들어 그렇지. 그래, 몸 추슬러. 페인플루가 열이 팔팔팔 끓고 숨이 한 번 꼴딱 넘어갔다 돌아와야 낫는다고 하더라구. 내일은 내가 녹두죽 쒀 갈게. 아유, 괜찮대도 그러네. 정 그러면 현관 문고리에 걸어 놓으면 되잖아. 그래, 들어가. 쉬어."

기신기신한 사위의 목소리를 듣고 나자 숙영의 마음이 썩 안 좋았다. 이석에 비해 학력도 인물도 변변치 않았지만 비록 싸구려일망정 철철이 등산점퍼며, 영양크림을 사 나르고, 깍쟁이 제 마누라의 눈을 피해 때로 5만 원, 10만 원씩의 용돈을 가계부 갈피에 꽂아 놓고 가는 진국이었다.

초과는 가물칫국을 절반도 먹지 못한 채 숟가락을 놓았다. 그냥 코 막고 단숨에 삼켜 버리라고 숙영이 코치를 했지만, 느끼하고 비릿한 트림이 한번 올라오자 한 모금도 넘어가지 않았다. 초희가 깎아 놓은 참외를 먹고 나자, 슬슬 잠이 쏟아지기 시작했다. 남은 가족들은 미역국에 나물밥으로 저녁 식사를 시작할 즈음이었다. 집으로 돌아가야 한다고 생각했지만, 숙영이 빨아 말린 향긋한 베갯잇에 머리를 대자, 초과는 곧 잠에 빠져 빠져들고 말았다.

"자냐?"

숙영이 초과의 등을 쿡 찔렀다.

"자."

초과가 이불을 귀밑까지 끌어당겼다.

"자는데 대답도 잘한다. 일어나서 뉴스 좀 봐 봐."

열어 놓은 안방 창문으로 매캐한 냄새 섞인 미풍이 설렁설렁 새어 들었다.

"최 집사 말대로 필시 말세가 온 모양이다."

숙영의 말에 초과가 부스스 이부자리에서 일어섰다. 노란 가로등 불빛이나 뿌윰한 새벽빛이 아닌 서치라이트처럼 강한 빛이 이부자리로 쏟아졌다. 그 와중에도 침대에 누운 초희는 코까지 도롱도롱 골며 깊은 잠에 빠져 있었다.

"뭔 일인데 그래?"

눈을 찌푸린 숙영이 텔레비전 앞에서 일어나 창가로 다가가 목을 길게 뺐다. 브래지어를 하지 않은 러닝셔츠 밑으로 거무죽죽한 유두가 얼비쳤다.

"저기 큰길에 전경 버스가 두 대나 있어. 어머 야, 저이들 곤봉으로 사람 대가리 후려치는 거 아냐?"

초과가 손갓을 만들어 쓰고 숙영의 옆에 섰다. 엄마의 말대로 중무장한 전경 여남은 명이 중년 남자 한 명을 에워싼 채 곤봉을 휘두르고 있었다.

"엄마, 저게 무슨 일이야?"

"나두 잘 몰라. 아까 잠이 덧들어서 와이티엔을 틀었는데 어제 기온이 35도 넘어서면서부터 심각한 페인플루 후유증이 발생했대. 당장 오늘부터 집 밖에 나오지 말란다. 외출했던 가족이 찾아와도 절대 문을 열어 주면 안 된다고 하더라."

곤봉에 두들겨 맞은 중년 남자는 취객처럼 휘청거리다 느릿느릿 차도로 도망쳤다. 달려오던 덤프트럭 한 대가 중년 남자를 치고 요란한 굉음과 함께 급정거를 했다. 고무 탄내가 희미하게 느껴졌다. 공중으로 붕 떴다 고꾸라진 중년 남자의 두부에서 검붉은 피가 쏟아져 도로를 적셨다.

초과가 눈을 돌려 집 앞을 내려다봤다. 초저녁부터 뒤엉켜 있던 두 노인은 여전히 서로를 끌어안은 채 '예수천국 불신지옥'과 '좌빨 좀비를 척결하자'는 소리를 중얼거렸다. 달라진 게 있다면, 최 집사의 러닝셔츠가 붉게 물들었다는 정도. 주찬 할아버지의 입에서 피묻은 살점 한 조각이 툭 떨어졌다.

"엄마, 현관문 잘 잠겼나 확인해."

초과가 황급히 창문을 닫고 잠금장치를 내렸다.

"왜 그래, 무섭게."

초과는 어쩔 줄 몰라하며 현관으로 뛰어가는 숙영에게 차마 주찬 할아버지가 최 집사의 목덜미를 물어뜯었단 말은 하지 못했다.

✦

　이부자리 옆에 놓아둔 휴대전화가 드르륵 드르륵 진동했다. 카톡 메시지였다. 이 시간까지 잠들지 않고 초과에게 메시지를 보낼 만한 사람은 딱 한 명, 윤재뿐이었다. 초과는 간장독처럼 몸을 동그랗게 웅크리고 앉아 텔레비전 채널을 이리저리 돌리는 숙영을 뒤로하고 욕실로 향했다. 변기에 앉아 메시지를 확인했다. 짐작대로 윤재였다.

　초과가 윤재를 처음 만난 건 유이를 떠나보낸 5년 뒤 겨울이었다. 그녀는 방문을 걸어 잠그고 쓴 여덟 편의 단편소설을 신춘문예에 투고했었다. 돼도 그만 안 돼도 그만이라고 생각했지만 마감이 끝난 날부터 초과는 열 손톱을 앞니로 자근자근 씹으며 당선소감을 쓰고 지우며 초조와 설렘의 시간을 보냈다. 사랑하는 사람들의 이름 속에 유이를 넣었다 빼기를 수백 번, 그러나 크리스마스가 지나도록 휴대전화는 잠잠했다. 낙선을 확신하고 삭발이나 하려던 찰나에 낯선 번호가 휴대전화에 떴다. 가장 자신 없었던 작품이 모 지방 일간지에 당선되었다는 소식이었다. 문화부 기자라고 신분을 밝힌 여자가 시상식은 한 달 뒤이며, 3일 안에 사진과 당선 소감을 자신의 이메일로 보내달라고 요청했다.

초과는 얼떨떨한 표정으로 얼음처럼 차가운 맥주 두 캔을 연달아 마시고 노트북 앞에 앉았다. 수백 번도 넘게 머릿속에 그려온 당선 소감이었지만, 막상 쓰려니 한 줄도 호락호락 만만하지 않았다. 결국 그녀는 애써 담담한 척, 겸손한 척, 자신을 추천한 작가들을 하늘처럼 존경하는 척 내숭으로 원고지 여섯 매를 채웠다. 그리고 마지막에 유이의 이름을 적으리라 벼르고 벼렀던 자리엔 엄마와 돌아가신 아버지에 대한 애정과 그리움을 담아 소감을 마쳤다.

당시 김치공장에서 배추를 절이던 숙영은 작업반장과 삿대질까지 하며 싸워 봤지만 도저히 짬을 낼 수가 없었고, 근대와 초희도 서울에서 직장을 다닐 때여서 시상식엔 초과 홀로 참석했다. KTX를 타고 내려간 신문사 사옥 시상식장은 비좁고 추웠다. 초과와 다른 당선자들의 이름이 적힌 현수막과 앙상한 화환이 아니었다면 직원 조회라고 해도 이상할 것 없는 단출한 분위기였다.

사주의 신년인사와 지역 문인회 회장의 축사가 이어지고, 드디어 수상자들이 한 명씩 호명되었다. 군청색 반코트에 크림색 원피스를 입은 초과가 제일 먼저 단상에 올라 수상소감을 발표했다. 구메구메 놓은 난로가 꺼졌는지 진한 석윳내와 함께 실내가 서늘해졌다. 초과는 그 자리에 섰던 대개의 신인작가들이 그렇듯, 발표 전날 꾸었던 신묘한 예지몽과 인터넷에서 찾아낸 헨리 밀러나 마크 트웨인 같은 대문호의 명언을 주워섬기며 죽는 날까지 소설을 쓰겠노라, 언뜻 반성문처럼 들리기도 하는 수상소감을 발표했다.

휴대전화를 들여다보는 서른 명 남짓한 관중들 사이에서 단연 초과의 시선을 끌어당긴 건 라이더재킷에 워커를 신은, 모델처럼 늘씬한 청년이었다. 그는 떠듬떠듬 수상소감을 말하고 내려온 초과에게 마르코폴로와 리시안셔스로 꾸며진 화려한 꽃바구니를 건넸다.

"성윤잽니다. 먼저 당선됐다 표절로 취소됐어요. 소설 재밌게 봤습니다."

그는 대수롭지 않다는 말투로 자신의 표절 사실을 고백했다. 그러고는 초과의 뒷자리에 자리를 차지하고 앉아 그녀의 귓가에 쉬지 않고 자기 이야기를 늘어놓았다.

"스티븐 킹의《언더 더 돔》을 베꼈어요. 정확히 말하자면 어느 마을에 정체불명의 돔이 생겼다는 설정을 가져왔죠. 아직 우리나라엔 번역되지 않아서 아무도 모를 줄 알았는데, 최종심 끝나고 저기 저, 단발머리 여기자가 찾아낸 거예요. 작년 여름휴가 때 하와이에 놀러 갔다 반스앤노블에서 샀다나 봐요. 나도 거기서 샀는데 말이죠."

윤재는 첩보원처럼 목소리를 낮추고 이리저리 눈동자를 굴리며 자신의 소설 '뚜껑 달린 마을 안에서'의 줄거리를 떠들어댔다.

"저기요. 나 그런 거 안 궁금해요. 부끄러운 것도 몰라요? 표절이 범죄라는 정도는 알 거 아니에요. 자랑도 아니고 적당히 하시지."

인내심이 바닥난 초과가 고개를 돌려 시치름하게 쏘아붙이고 다시 시 부문 당선자의 수상소감을 듣는데, 문득 의문이 생겼다. 윤재는 어떻게 자신의 작품이 누구의 제보로 당선 무효 되었는지 알고 있는 걸까. 누군가 당선 무효를 통보했을 테지만, 자질구레한 과정까지 설명할 리 만무했다. 살그머니 고개를 돌리자, 윤재의 코가 그녀의 귓바퀴를 스쳤다.

"단발머리랑 나, 애인 사이였거든요. 하와이도 둘이 갔고요. 투고해 놓고 얼마 안 돼서 깨졌는데 아씨, 그게 당선될 줄 누가 알았겠어요. 나 지금 되게 쪽팔릴 거 같죠? 그럴 거 같죠?"

입을 다물지 못하는 초과와 달리 윤재는 반죽 좋게 싱글싱글 웃었다.

"네, 그럴 거 같아요."

"시상식 끝나고 둘이 팔짱 끼고 나갑시다. 애인 사이처럼. 희대의 명장면 아니겠어요?"

"내가 왜 그걸 도와야 하죠?"

그사이 동화 부문 당선자가 마이크를 잡았다. 초등학교 교사라고 자신을 소개한 당선자는 눈물부터 글썽였다.

"그쪽 작품 읽고 딱 생각난 소설이 있어요. 설정도 그렇고 캐릭터도 그렇고 아르토 파실린나 단편하고 너무 겹치지 않아요? 혹시 그 작품 읽어 본 적도 없다고 잡아떼는 건 아니죠?"

초과가 눈을 동그랗게 뜨고 윤재를 노려보았다.

"《이상한 나라의 앨리스》를 베꼈다고 하는 게 덜 억울하겠네요."

"에이, 그런 눈으로 보지 마요. 좋아해서 자꾸 읽다 보면 닮아가는 거 나도 아니까."

초과가 슬며시 핸드백을 어깨에 걸치고 자리에서 일어섰다. 그러자 윤재도 슬그머니 엉덩이를 떼고 일어나 초과의 어깨에 팔을 걸쳤다.

"난 진짜 당신이 말한 소설 읽은 적이 없어요. 좋아하지 않으니 닮고 싶을 이유도 없죠. 표절로 시비 걸 거면 나 말고 명성 있는 작가나 건드려요. 그편이 훨씬 주목받을 테니까."

초과는 억울했다. 아르토 파실린나라는 작가가 누군지조차 몰랐고, 자신의 작품과 비슷한 단편을 읽은 기억도 없었다. 쓰는 중에라도 깨달았다면 미련 없이 엎어 버릴 자존심이 있었다. 윤재의 어깨동무를 거부하지 않은 건, 그의 복수심으로 생애 최고의 날에 더 이상 구정물을 튀기고 싶지 않아서였다.

강당을 나오자마자 초과는 윤재의 팔을 어깨에서 털어 버리고 꽃바구니를 돌려주었다.

"뭐가 어찌 됐든 난 모르겠고, 이제 소원 풀이 하셨으니 가 보시죠."

근처 호프집에서 당선 뒤풀이가 있었기 때문에 초과는 사옥을 벗어나지 못했다.

"오비호프라고 했죠, 뒤풀이. 이런 날 쩨쩨하게 치맥이 뭐예요. 우리 서울 올라가서 좋은 데 갑시다. 내가 한잔 거하게 살게요. 응?"

약이 오를 대로 오른 초과는 대답 없이 다시 시상식장으로 돌아갔다. 시상식이 끝나고 당선자 기념사진을 찍고, 짧은 인터뷰를 끝낸 뒤 일행은 길 건너 오비호프로 향했다. 그곳엔 이미 윤재가 감자튀김에 맥주를 마시고 있었다. 초과는 그 지방 거점 대학 문예창작과 교수와 문인회장과 전년도 당선자, 그리고 문화부 부장 등이 건네는 술을 거절 없이 마신 뒤 알근하게 취해서야 호프집을 나섰다. 택시에 올라 잠시 졸고 눈을 뜨니 기차역이었다. 휘청휘청 매표구로 걸어가 서울행 열차표를 주문했지만, 매진이었다. 고속버스터미널로 가야 하나 모텔이라도 찾아들어야 하나 고민하던 그때, 누군가 초과의 어깨를 툭 쳤다. 윤재였다.

"꽃바구니, 가져가야죠."

둘은 역 앞 포장마차로 들어가 대합탕에 소주를 나누어 마셨다. 흠뻑 취한 초과가 먼저 자리에서 일어나 술값을 계산하고 비척비척 어둑한 골목으로 향했다.

"누나, 어디 가요?"

바지주머니에 손을 꽂은 윤재가 장난기 어린 미소를 띠며 그녀를 따라잡았다.

"우이씨, 너 누나라고 하지 마. 내가 먼저 등단했으니까 선배야. 쬐 끄만 게 말이야. 하늘같은 선배 무서운 줄 모르고 말이야. 까불지 마, 애송이."

비록 윤재가 초과보다 한 살이 어리긴 했지만 개월 수로 치면 고 작 넉 달 차이였다.

"선배, 많이 취했네. 저기 편의점 가서 여명팔공팔 사올까요? 아님 컨디션?"

"시끄럽고. 윤재야, 우리 여관이나 갈래?"

초과가 어깨에 걸쳤던 핸드백을 바닥에 질질 끌며 골목 끝 모텔 네온사인을 가리켰다.

"저기 가면 선배 후회할 텐데요."

"왜?"

"난 여자랑 손만 잡고 자는 찐따가 아니거든요. 알퐁스 도데의 〈별〉 읽었죠? 병신 같은 목동놈이 주인집 아가씨랑 단둘이 밤을 보 내면서 손가락 하나 까딱 못하잖아요. 그게 셀프 고자 인증이지 뭐 예요. 난 줘도 못 먹는 그런 시시한 남자가 아니라고요."

윤재의 말에 초과가 발작하듯 깔깔 웃었다. 팔짱을 끼고 여관에서 내려오던 중년 커플이 윤재와 초과를 흘끔거렸다.

"성윤재, 기분이다. 선배가 함 줄게. 주면 되잖아. 나도 시시한 여 자 아니다, 너."

초과는 자신이 한 말이 우스워 'SEX', '씨발년', '69' 따위의 낙서로 뒤덮인 담벼락에 등을 비비며 흐느끼듯 웃었다.

이튿날 아침, 초과는 코를 찌르는 지린내에 눈을 떴다. LED 조명과 벌거벗은 여인의 누드화로 꾸며진 천장이 보였다. 몸을 일으켜 주위를 둘러보니 벌거벗은 남자와 향이 너무 진해 지린내처럼 지독스러운 마르코폴로 꽃바구니가 보였다. 필름이 끊겼던 그녀는 자신의 알몸과 모텔 바닥에 떨어진 젖은 콘돔 세 개를 확인하고 욕실로 뛰어 들어갔다. 화장조차 지우지 않았는지 속눈썹에서 떨어진 마스카라가 파리 다리처럼 눈가에 달라붙어 있었다. 목덜미와 젖가슴에 남은 발긋한 자국을 물끄러미 바라보는데 욕실문이 열렸다. 벌거벗은 윤재가 자신의 거웃을 득득 긁으며 변기 커버를 올렸다.

"선배 코 되게 골더라. 그거 병원 한번 가 봐요. 빼빼 마른 사람이 왜 그래."

윤재가 아랫배에 힘을 주어 소변을 밀어냈다. 몸을 슬쩍 돌려 오줌발을 숨기는 그의 목덜미와 등에도 발긋한 자국이 아롱져 있었다.

"너 괜찮아?"

비록 만취 상태이긴 했지만, 여러 정황으로 미루어 간밤의 일이 일방적인 의지만으로 맺어진 건 아니리라 초과는 짐작했다.

"안 괜찮아요. 나 다른 건 다 프리한데 유부녀는 좀 곤란하거든요. 어쩐지 불을 안 켠다 했어. 아침 돼서야 봤잖아요, 그거."

소변을 끊은 윤재가 초과의 아랫배를 원망스럽게 내려다보았다. 옅은 수술 자국과 튼살이었다.

"미안."

초과는 잠시 머뭇거리다 사실을 말하는 대신 사과를 해 버렸다. 어차피 다시 만날 일도 없는 남자에게 시시콜콜한 과거사까지 구구절절 설명하는 게 구차하게 느껴졌다. 어색하게 몇 발짝 떨어져 모텔에서 나온 둘은 기차역 대합실 푸드코트에서 떡라면과 잔치국수로 아침을 때우고 기차에 올랐다. 서울역에서 내려 떨떠름하게 작별인사를 하고 돌아섰다. 윤재가 사라지길 기다린 초과는 자꾸만 스타킹을 긁는 꽃바구니가 성가셔, 대합실 의자 위에 얌전히 내려놓고 승차장으로 향했다. 잠시 후 그들은 경의선 승강장에서 다시 마주쳤다. 흠칫 놀란 초과가 음료수 자판기 위로 몸을 숨겼지만 이미 윤재의 눈에 띈 다음이었다. 하는 수 없이 둘은 다시 기차에 나란히 앉아 여행을 이어 갔다.

"그거, 버렸어요?"

둘은 기차에 나란히 앉아 흘러가는 풍경을 바라보았다.

"그렇게 됐네, 미안. 나중에 너 등단하면 연락해. 내가 꽃바구니 사 줄게."

초과가 어깨를 움츠리고 쑥스럽게 웃어 보였다.

"오, 진짜요? 사실 나 진지하게 소설을 한번 써 볼까 해요. 등단이 목표는 아니고, 그냥 질릴 때까지 뭔가 해 보고 싶어서요. 기타도 3개월 치다 말았고, 수영도 한 5개월 배우다 그만두고, 프라모델도 완성한 건 하나도 없거든요. 그나마 끝을 본 건 소설이 처음이에요. 선배가 좀 가르쳐 줬음 하는데, 생각 있어요? 물론 교습비 낼 거예요."

다시 입이 터진 윤재가 떠들기 시작했다.

가끔 고개를 주억거려 주거나 휴대전화를 만지작거리며 그의 이야기를 흘려듣던 초과가 결국 참지 못하고 하품을 했다.

"내가 좀 말이 많죠? 처음엔 선배가 유부녀라는 게 마음에 걸렸는데, 지금은 완전 편하고 좋아요. 나한테 이성은 예쁘거나 못났거나 다 잠정적 연애 대상자들이었거든요. 여자 앞에선 이미지 메이킹 하느라 피곤했는데 선밴 그럴 필요가 전혀 없잖아요. 이게 바로 자유구나 싶어요."

훗날 윤재에게 호감을 느낀 초과가 슬그머니 자신의 과거를 털어놓으며 유부녀가 아님을 밝혔지만, 이미 연인도 그렇다고 진짜 선후배도 아닌 어정쩡한 관계로 굳어 버린 뒤라 하나마나한 고백이 되고 말았다.

초과는 윤재의 카톡에 답장을 보낼까 하다가 메시지 창을 닫고 통화 버튼을 눌렀다. 신호가 채 두 번도 가기 전에 전화를 받았다.

"영화는 아무래도 나가리네요. 그나저나 딱 내 예상대로 흘러가죠?"

윤재의 목소리에 야릇한 흥분이 깃들어 있었다.

"뭐가 네 예상대로라는 거야?"

초과의 시큰둥한 반응에 윤재는 더욱 흥이 돋았다.

"선배는 좀비 창궐을 초자연적 현상으로 몰고 갔잖아요. 지배계층이 피지배계층을 억압하기 위한 수단으로 종교를 동원해 영혼과 육체를 분리한다는 황당무계한 전개 아니었어요?"

윤재의 질문에 초과는 대답할 말을 찾지 못한 채 입술만 달싹거렸다.

"내 주장대로 좀비는 익숙한 바이러스의 변종으로 시작됐어요. 1차전염 경로는 비말감염이지만 에볼라처럼 너무 전염 속도가 빨라 숙주가 오래 버티지 못하고 사망하게 된 거죠. 서서히 죽음에 이르는 과정에서 열이 내리고 호흡이 진정되니까 치료가 되어 간다고 판단해 온 거고요. 생명징후가 사라졌으니 당연히 기침 재채기도 없어졌겠죠. 감염 경로가 봉쇄된 거예요. 바이러스는 생각보다 아주 영리해요. 죽은 숙주의 몸에 남아 있는 바이러스를 새로운 숙주로 옮겨 놓는 가장 극단적이고 효과적인 방법을 찾아냈을 거예요. 강제로 체액을 섞어 새로운 숙주에 안착하는 직접감염. 그럴듯하죠? 좀비화된 사람들 특징 중에 안면근육 경련으로 입과 눈을 씰룩거리는 게 있어요. 지금 SNS에선 페인플루보단 어릿광대 증후군이라고 부르는 사람이 더 많아요. 창백한 얼굴에 과장된 웃음, 우스꽝스러운 걸음걸이. 되게 그로테스크 하죠? 진작 이렇게 써서 출간했으면 진짜 대박인데."

윤재의 거친 호흡이 수화기를 통해 초과에게 전해졌다.

"잠깐. 말 끊어서 미안한데 너 지금 이 괴질의 정체를 좀비바이러스라고 단정하는 거니?"

욕실장을 열어 근대의 마일드세븐을 찾아낸 초과가 물었다.

"왜요, 허무맹랑하게 들려요? 선배 SNS 안 하죠? 트위터나 페북 같은 거. 지금 타임라인은 온통 좀비 얘기밖에 없어요. 눈치 빠른 사람들은 벌써 생수나 라면 사재기해서, 이남 지역으로 피신했어요. 서울은 이미 통제됐고, 광역시 몇 개는 검역소 만들어서 의심환자 걸러 내고 있어요. 동아시아 전 지역과 미국, 유럽 일부 공항은 폐쇄됐고, 도로도 상황은 마찬가지예요."

라이터를 찾지 못해 담배 필터만 자근거리던 초과가 윤재의 말에 눈을 흡떴다.

"이동 수단이 전무하다는 거야?"

"고속도로나 국도는 막혔다고 봐야죠. 제 추측대로라면 놈들은 공격성이 있긴 하지만 느려터지고 멍청한 좆밥들이에요. 뇌가 썩어 가니까. 그렇긴 해도 일단은 백신이 풀릴 때까진 집에 있는 게 좋아요. 당분간 먹고 마실 건 있어요? 없으면 갖다 주고요."

자정을 넘었으니 남은 시간은 이틀, 초과는 어떡해서든 유이를 만나러 가야 했다. 윤재라면 방법이 있을지 몰랐다.

"길 막혔다며. 넌 어떻게 올 건데?"

"한정된 인력으로 동네 골목까지 막진 못하죠. 바이크 타면 돼요. 필요한 거 있으면 말해 봐요. 동원생수, 삼분카레, 오비라거, 고향만두, 햇반도 몇 개 있고. 아, 듀플렉스 초박형 콘돔 한 상자도 있네요."

윤재가 장난스럽게 웃었다. 평소라면 그의 실없는 농담에 몇 마디를 더 얹어 시시덕거렸을 테지만, 초과는 숨 쉬는 일조차 성가시게 느껴질 만큼 암담하고 착잡했다.

"초과야, 이리 좀 나와 봐."

한참이 지나도 초과가 욕실에서 나오지 않자, 불안해진 숙영이 문을 두드렸다.

"일단 끊어. 다시 연락할게."

초과가 통화 종료 버튼을 누르고 변기물을 내린 뒤, 힘없이 욕실 문을 열었다.

"또 왜?"

숙영의 낯빛이 묵은 된장처럼 검었다.

"초희 열나."

"언제부터 그런 건데?"

숙영이 죄지은 사람처럼 목을 움츠리며 고개를 저었다.

"지금 만져 보니까 절절 끓어. 페인플루, 그런 건 아니겠지?"

초과는 멍하니 초희가 잠든 안방을 바라보았다.

삼 남매가 이 집에서 나고 자라고 떠났다, 다시 돌아왔다. 35년을 인간 등쌀에 시달린 연립은 성한 구석이 없었다. 적황색 방문은 네 귀퉁이가 벗겨져 나뭇가루가 떨어졌고, 수챗구멍에선 묵은 정화조가 악취를 뿜으며 하루살이와 모기떼를 가래처럼 돋워 냈다. 장마철이면 벽으로 물이 스미고, 한겨울이면 그 자리에 곰팡이가 피어올랐다. 중풍 맞은 시어미 봉양하듯, 숙영은 늙은 집을 살뜰히 가꿨다. 사포와 페인트를 사다 벗겨진 문을 다시 칠하고, 수챗구멍에 하루 몇 번씩 뜨거운 물과 락스를 쏟아 부으며 철썩, 궁둥이를 갈기고 기저귀를 갈아 채우듯 능숙한 손놀림으로 걸레를 돌려 가며 곰팡이를 닦아냈다.

이 집에서라면, 숙영의 '나와바리' 안에서라면, 페인플루든 좀비 바이러스든 활개를 칠 리가 없다고 초과는 믿고 싶었다. 그런데 정작 믿었던 숙영이 잔뜩 겁을 집어먹자, 초과는 어찌할 바를 몰랐다.

"크흐흡, 큽. 저 좀 나갔다 올게요."

근대가 카키색 백팩을 메고 건넌방에서 나왔다. 러닝셔츠 자락을 풋나물 주무르듯 쥐어짜던 숙영이 소스라치게 놀란 얼굴로 근대의 손목을 붙잡았다.

"세상이 뒤집어졌는데 어딜 나가? 너 뉴스 좀 보고 살아. 괴질 걸린 사람들이 죄 밖으로 쏟아져 나왔단다. 초희도 지금 열이 펄펄 끓어. 집에 사내라곤 너 하난데, 가장이 어딜 나가."

근대가 가느다란 눈을 질끈 감으며 아랫입술을 짓씹었다. 코까지 벌름거리는 모양새가 금방 울음이라도 터트릴 것 같았지만, 잠시 얼굴만 벌게지더니 이내 숨을 가다듬었다.

"크허허헙, 큽. 밖에, 크큽…… 그것들이 설치는 거 알아요. 도로도 다 봉쇄됐대요. 그래도 가 봐야 돼요. 기다리는 사람들이 있으니까."

순간, 숙영이 눈에서 붉은 안광을 번뜩이며 근대의 가슴팍에 주먹을 꽂았다.

"에라이, 뭐 이런 불상놈의 자식이 다 있어. 천날 만날 방구석에 처박혀 전자기집년한테나 침 흘리는 변태새끼를 여지껏 먹여 주고 재워 줬더니, 터진 입으로 고작 애미한테 한단 말이 그따위 개 짖는 소리냐?"

숙영은 초희가 깨지 않도록 목소리를 낮춰 가며 모진 말을 씹어뱉었다.

근대의 작고 흐릿한 눈동자는 갈등의 여지없이 현관문을 향했다. 숙영의 갈퀴 같은 손이 근대의 목덜미에 붉은 손톱자국을 냈지만, 그는 아랑곳없었다.

"가는 건 좋아. 좋다 그래. 근데, 무슨 수로 서울 가려고? 도로는 막혔고, 천지사방에 전염병 환자들이야. 당장 저 앞에만 해도 두 노인네가 서로 물어뜯고 있어. 자, 어떻게 갈 건데?"

초과가 마른세수를 하며 습벅한 눈으로 근대의 뒤통수에 대고 물었다.

"신이든 뭐든 상관없어, 마지막까지 룰 따위 없애 주겠어."

턱을 바짝 당긴 근대가 틱장애 없이 주절거렸다.

"뭐? 오빠 지금 뭐라 그랬어?"

초과가 미간을 좁히며 근대에게 다가섰다.

"〈마법소녀 마도카 마기카〉에서 마도카 쨩이 한 말이야. 터미널에서 믿을 만한 친구들을 만나기로 했어. 어떻게든 서울 올라갈 방법을 찾아서 돌아올게. 초희랑 엄마랑 너 버리지 않아. 생각해 둔 게 있다구. 믿어도 좋아."

초과는 〈마법소녀 마도카 마기카〉가 일본 애니메이션 제목일 거라 짐작하며 쓴 웃음을 터트렸다. 그녀 역시 어떡해서든 서울로 가야 할 처지지만, 무작정 거리로 나설 생각은 없었다. 최소한의 무기와 이동 수단이 마련될 때까진 몸을 사릴 작정이었다. 그녀는 2D 세계의 미소녀들과의 약속이 목숨보다 더 중하다는 서른셋 철딱서니를 어떻게 말려야 할지 도무지 알 수 없었다.

숙영과 초과가 앞다투어 콧방귀를 뀌는 사이 근대는 믿을 수 없을 만큼 빠른 동작으로 자신의 낡은 운동화를 손에 들고 현관문을 나섰다. 다다다다, 계단을 내려가는 빠른 발소리와 함께 근대의 가래 돋우는 소리도 멀어졌다. 숙영이 맨발로 아들의 뒤를 따라나섰지만, 초과의 손에 붙잡혀 집 안으로 되돌아왔다.

"엄마, 놔 둬. 저래 봬도 누구한테 도움 바라는 사람 아니잖아."

초과는 방금 자신이 한 말 역시 애니메이션 대사 같다고 생각하며 현관문을 걸어 잠갔다.

숙영이 아련한 눈길로 현관문을 바라보다, 돌연 몸을 돌려 싱크대로 뛰어갔다. 그러고는 부엌 벽에 걸어 놓은 쇠국자를 낚아채 베란다로 향했다.

"정근대, 너 이거라도 갖고 가. 응? 누가 덤빈다 싶으면 그걸로 대가리를 갈겨. 어설피 치면 안 치니만 못해! 엄마 말 알아들어?"

숙영이 입자 고운 어둠을 쇠국자로 휘휘 젓다 아들을 향해 던졌다. 백팩에서 헤드기어를 꺼내 쓴 근대가 한 손으로 척, 국자를 받아 쥐었다. 몇 년 사이 가슴둘레보다 허리둘레가 굵어지긴 했지만, 중고생 시절 단거리 육상선수로 시도 대회를 휩쓸었던 운동신경이 아주 사라진 건 아니었다.

"엄마, 기다리고 있어요. 기적도 마법도 진짜 있으니까. 크허허어 헙……. 정초과, 걱정 마. 덕후는 절대 죽지 않으니까. 왜냐하면, 우리한텐 다음 주에 나올 애니, 다음 분기에 출시될 신작이 기다리고 있거든. 크흡큽…… 반드시 지켜야 할 가족과 외장하드가 있단 말이야."

목을 좌우로 꺾으며 근대가 외쳤다.

가로등 아래에서 한 덩어리로 뭉쳐 아귀다툼을 벌이던 최 집사와 주찬 할아버지가 느릿한 고갯짓으로 근대를 바라보았다. 주찬 할아버지의 입에는 최 집사의 귓바퀴가 물려 있었다. 양손으로 바닥을 짚고 서서히 무릎을 편 주찬 할아버지가 걸쭉한 핏물을 턱에 매달고 희번덕 눈동자를 굴렸다. 딴에는 뛴다고 서두는 모양새지만 보는 사람의 눈엔 개펄에 빠져 허우적거리는 굼뜬 동작으로 근대의 앞을 가로막았다.

"아이고, 아버지! 저 노인네 왜 저러냐. 근대야, 도망가! 뒤도 돌아보지 말고 날라."

숙영이 주찬 할아버지의 변이를 알아차리고 악을 썼다.

근대는 침착했다. 집을 나서기 전 머릿속으로 수도 없이 상상해

왔던 장면이 눈앞에 펼쳐진 거였다. 근대는 숙영이 던져 준 쇠국자 자루를 단단히 움켜쥐었다.

"근대야, 너 이놈 새끼 뭐하려고 그래?"

주찬 할아버지의 충혈된 눈이 근대의 둥긋한 몸을 훑었다. 그는 검붉은 혀로 자신의 입술을 핥으며 낮게 신음했다. 먹잇감을 탐색하며 일격을 노리는 육식동물 같은 몸짓이었다. 순간, 둘의 눈동자가 어둠 속에서 부딪쳤다. 주찬 할아버지가 근대의 목덜미를 향해 입을 크게 벌렸다. 노인의 앞니가 옷깃에 닿기 직전, 근대는 쇠국자로 그의 턱을 후려쳤다. 둔탁한 소음과 함께 노인이 뒤로 자빠지며 시멘트 바닥에 머리를 박았다. 비명 한마디 없이 노인의 뒤통수에서 시커먼 피가 쏟아져 나와 바닥을 적셨다. 숙영이 엄마야, 소리를 지르며 두 손으로 얼굴을 감쌌다. 그사이 목덜미와 귓불이 너덜너덜해진 최 집사도 몸을 움찔거리며 근대에게 꾸물꾸물 기어왔다. 근대가 다시 자루를 움켜쥐었다.

"야야, 그 노인네는 봐 드려. 너도 알다시피 좀 불쌍하니? 지금은 틀니 빼놔서 물렁호박이니까, 내비 둬. 응?"

숙영이 제자리에서 콩콩 뛰며 아들의 공격을 가로막았다.

근대가 크게 한 번 고개를 끄덕이곤 뒤통수 깨진 주찬 할아버지에게 다가갔다. 그러고는 노인의 허리춤에서 손바닥만 한 권총을 꺼내 탄창을 확인했다. 모두가 정교한 모형일 줄 알았던 권총 안엔 텅스텐탄 네 발이 장전되어 있었다. 평소 노인은 이 권총으로 빨갱이

머리 세 다스를 날렸다고 큰소리 치고 다녔지만 실은 아들인 주찬
아범의 호신용 가스총이었다. 총포사를 구워삶아 탄창을 개조하고
주말마다 기름칠을 한 덕에 손에 감기는 그립감이 일품이었다.

"크흐흐흡. 엄마, 이거 갖고 있어요. 크허헙. 쓸 일 없겠지만 혹시
나 정말 만에 하나 필요할 땐, 알았죠? 크흐읍."

흥분한 근대가 요란하게 가래 끌어올리는 소리를 내며 베란다로
권총을 던졌다.

권총은 숙영의 머리 위를 날아 거실 냉장고 앞에 떨어졌다. 그러
는 사이 최 집사가 근대의 발목을 크게 한 입 깨물었지만, 숙영의 말
마따나 물렁호박 같은 잇몸만 양말 위를 훑을 뿐이었다. 근대는 성
가시다는 듯 최 집사를 발로 밀어낸 뒤 국자를 벨트에 걸고 내리막
길로 한 걸음을 내딛었다. 곧 어둠이 그를 집어삼키고, 길고 가느다
란 사이렌 소리를 트림처럼 내질렀다.

"질병대책본부에서 알려드립니다. 주민 여러분은 오늘 이 시각부
터 외출을 삼가고, 페인플루 병력이나 현재 의심 증상을 가진 사람
은 국번 없이 130번으로 신고하여 질병의 확산을 막읍시다. 다시 한
번 알려드립니다. 주민 여러분……."

멀거니 서서 안내방송을 듣던 숙영이 성호를 긋고 베란다 창문을
닫았다.

"등신…… 머저리 같은 새끼를 낳았어, 내가."

나지막이 뇌까린 숙영은 욕실문을 열고 욕실장에서 담배를 꺼냈

다. 그러고는 반바지 호주머니에서 라이터를 끄집어내 자연스럽게 불을 댕겼다.

"엄마, 담배 펴?"

숙영이 욕실 문지방에 걸터앉아 푸르스름한 담배연기를 길게 뿜었다.

"너도 한 대 주까?"

"기가 막혀."

어이 없어하는 초과를 올려다보며 숙영이 픽 웃었다.

"작년에 잠깐 만났던 영감님한테 배웠어. 나 술도 꽤 세. 소주 한 병은 끄떡없어. 차차차도 좀 출 줄 알고."

아슴아슴한 눈빛의 숙영이 볼을 꺼트리며 담배를 깊이 빨았다.

"왜 갑자기 폭탄 발언이야?"

"니들이 짐작하는 것처럼 그렇게 외롭고 쓸쓸하기만 한 인생은 아니었다고. 가끔은 꽃도 피고, 새도 울고, 물레방아도 돌리며 살았으니 불쌍해 하지 않아도 돼."

삼 남매는 엄마의 인생이 외롭고 쓸쓸할 거라는 짐작조차 하지 않았다. 그들에게 엄마란 수다스럽고 간섭하기 좋아하는, 이를테면 김수현 드라마 속 강부자 같은 조역으로 매회 등장해 쉬지 않고 재재거리지만 돌연 하차해도 극에는 아무런 지장이 없는 그림자 같은 캐릭터였다.

"궁상떨지 좀 마. 정부에서도 뭔가 대책을 내놓겠지. 그때까진 집에 붙어 있어."

초과가 괜스레 미간을 찌푸리며 손부채질로 담배연기를 걷었다.

"너도 여기서 꼼짝 말아. 탈장이면 맹장수술만큼 간단한 거야. 니가 안 가도 사는 데 하등 지장 없으니까 일단 너부터 살고 봐."

숙영이 으쌰, 하며 몸을 일으켜 반쯤 타고 남은 담배를 변기에 던져 넣었다.

"엄마도 엄마잖아. 어떻게 말을 그렇게 쉽게 해?"

초과가 반바지와 팬티를 동시에 내리고 변기에 앉은 숙영에게 쏘아붙였다.

"천둥벌거숭이 같은 근대야 전자기집년에 눈이 돌아서 지 애미 가슴 짓밟고 내뺐다지만, 넌 어떻게 서울까지 갈 건데? 걸어갈래?"

숙영이 변기에서 벌떡 일어나 휴지로 국부를 닦았다. 축 늘어진 아랫배와 숱이 성긴 거웃에 눈길이 멈춘 초과가 인상을 구겼다. 팬티를 끌어올린 숙영이 변기 위에 놓아둔 초과의 휴대전화를 집었다. 그녀의 손바닥 안에서 휴대전화가 진동하고 있었다.

"네, 여보세요."

숙영이 널름 전화를 받았다.

"누구? 마미……? 하스…… 하스삐를? 너, 유이야? 유 네임 유이냐?"

숙영이 초과를 향해 다급히 손을 흔들었다. 초과가 맨발로 욕실에 들어가 전화기를 낚아챘다.

"헬로우?"

"맘! 어나더 맘 이즈 씩. 아이 띵크 더 플루. 벗, 벗……."

격하게 숨을 헐떡거리느라 발음이 분명치 않았지만 유이였다.

"유이, 유이, 캄 다운. 스픽 슬로울리. 왓 이즈 잇? 아 유 리스닝?"

초과가 한쪽 귀를 틀어막고 송화구를 바짝 당겼다. 그러나 거친 잡음만 들려올 뿐 기다리는 대답은 돌아오지 않았다. 휴대전화를 귀에서 떼고 보니 통화가 끊겨 있었다. 황급히 재통화를 눌렀지만, 전원이 꺼져 있다는 안내 메시지만 흘러나왔다. 초과는 통화 내용을 복기했다. 그러나 기껏해야 제시카가 아프다는 것과 유이의 짐작으론 감기 같다는 것 외엔 얻을 수 있는 정보가 없었다.

"뭐래? 왜 벌써 끊었어?"

초과의 손목을 잡은 숙영의 손이 얼음처럼 차가웠다.

"제시카가 아프대. 감기 같대. 근데."

"근데?"

"전화가 끊어졌어. 아무래도 지금 가 봐야겠어. 제시카가 페인플루면 애도 위험한 거 아냐."

숙영이 간신히 일어섰던 변기에 다시 주저앉았다. 낯빛이 순식간에 어두워졌다.

"너야말로 뭐 타고 거기까지 갈래?"

"데리러 올 만한 사람 있어. 그 사람 오토바이 타고 갈 거야. 그니까 엄만 여기서 초희나 잘 돌보고 있어."

말에 쐐기를 박은 뒤 초과는 근대의 방으로 들어갔다. 미리 계획
했던 것처럼 막힘없이 떠들어댔지만 여전히 갈 길은 막막했다. 근
대의 침대에 몸을 옹송그리고 앉아 윤재에게 전화를 걸었다. 통화
량이 많은지 신호가 한참 만에야 떨어졌다.

"좀 와 줬으면 좋겠어."

"필요한 건요?"

윤재의 목소리는 평소와 다름없이 가볍고 사근사근했다.

"오토바이 좀 빌려 줘. 오토바이 타는 법도. 나 서울, 지성대학병원
에 갈 일이 생겼어."

숙영에겐 데리러 올 사람이 있다고 했지만 윤재까지 위험에 빠뜨
릴 수는 없었다.

"지성대병원? 거긴 왜요?"

"딸이 그 병원에 있어. 내 피가 필요할지 모른데."

송화기 너머로 윤재의 고른 날숨과 들숨이 들렸다.

"에이, 뭐하러 오토바이를 배워요. 같이 가면 되지."

윤재는 뭔가를 질겅질겅 씹으며 대수롭지 않다는 투로 대답했다.

"너 너무 쉽게 말하는 거 아냐? 바깥 상황 잘 안다며. 나 목숨 걸고
나가는 거야. 이거 시뮬레이션 게임 아니라고."

"나도 장난 아니야. 선배, 99년도 경부선 열차 전복사고 기억나요?
서대전 근처에서 열차 두 량이 탈선해 서른두 명 사망하고 두 명 살
아남은 거."

"알아."

"그때 내가 생존자였어요. 2007년도 심악산 케이블카 추락사고 때 생존자도 나였고요. 2011년 경인고속도로 8중 추돌사고 때도, 2012년 지하철 화재 때도 난 그 자리에 있었어요. 그리고 이렇게 살아남았고요."

늘 장난기가 배어 있던 윤재의 목소리가 차분하게 가라앉았다.

"네가 피닉스라도 된단 거야?"

"어쩌면 나야말로 좀비일지 모르죠. 아주아주 길게 말하고 빠릿빠릿하게 움직일 줄 아는, 변종 좀비."

초과가 피식 웃음을 터트렸다. 고작 콧바람처럼 가벼운 웃음이었지만, 긴장했던 몸과 마음이 노곤하게 풀리는 기분이었다.

"나 여기 상명동이야. 엄마 집에 왔어. 이리로 와 줄 수 있겠어?"

"저번에 거기서 내려 준 기억나요. 시청 지나서 낚시터 가기 전에 연립 많은 데 맞죠? 큰길로 가면 15분쯤 걸릴 테지만 골목으로 돌아가야 하니까 넉넉히 30분 잡을게요. 준비하고 있다가 내가 전화하면 바로 내려와요."

전화를 끊은 뒤, 초과는 근대의 옷장을 열어 군청색 백팩과 여분의 티셔츠, 면바지 등을 챙겼다. 오토바이를 타는 게 걷는 것보다는 빠를 테지만, 가는 길에 무슨 일이 생길지 알 수 없었다. 고장이 나거나 기름이 떨어지면 오래 걸어야 할지도 몰랐다. 요기가 될 만한 음식과 물, 호신용품을 챙겨야 했다. 하지만 방문을 열면 울고 있는 숙영과 마주하게 될까 봐 그녀는 겁이 났다.

"너 내 등산복 입고 갈래? 바지는 허리띠 꽉 조이면 안 흘러내릴 거 같은데."

숙영이 근대의 방문을 두드렸다. 흠칫 놀란 초과가 백팩을 뒤로 숨기고 방문을 열었다. 숙영이 갈색 등산바지와 형광노랑색 티셔츠를 들고 서 있었다.

"고단한 세상, 부모가 왜 살겠니. 자식 지키려고 사는 거지. 가거들랑 유이한테 이것도 전해 줘."

숙영이 바닥에 내려놓은 쇼핑백 하나를 집어 들었다.

"그게 뭐야?"

"생리대. 요즘 애들 좀 숙성하니. 곧 필요할 거 아냐. 복지관에서 만드는 거 가르쳐 주더라. 순면으로 만든 거라 팍팍 삶아도 된대."

초과가 고개를 끄덕이며 등산복과 쇼핑백을 넘겨받았다. 쇼핑백을 납작하게 접어 백팩 맨 밑에 깔고 다시 티셔츠와 고무줄 바지를 얹은 뒤 입고 온 원피스를 벗고 등산복으로 갈아입었다. 일련의 행동을 말없이 지켜보던 숙영이 끙, 하고 자리에서 일어나 안방으로 들어갔다. 초과도 부엌으로 나와 찬장을 열었다. 덕용포장 된 라면과 양갱, 유통기한이 빠듯한 두유가 있었다. 부피를 줄여야겠다는 생각에 라면 두 개는 잘게 부숴 위생비닐로 재포장하고 양갱도 상자를 벗겨내고 랩으로 감았다. 초조하게 휴대전화를 들여다보고 있으려니, 숙영이 발소리를 낮춰 안방에서 나왔다.

"손 벌려 봐."

숙영이 초과의 손목을 끌어당겼다.

"왜?"

숙영의 눈빛과 목소리가 몹시도 조심스러웠다.

"이거, 혹시 응급상황 생기면 혀에 올려놓고 빨아먹어."

그녀가 초과의 손에 쥐여 준 건, 송편 하나 정도가 들어 있음직한 쿠킹포일이었다.

"그니까 이게 뭐야?"

"아편. 예전에 니 외할머니가 뒷마당에 딱 다섯 포기 심어서 진만 모은 거야. 그 양반이 사변 때 재수 없이 사추리에 총을 맞아서 평생 그 자리가 쩨는 듯이 아팠잖니. 아주 죽겠다 싶을 적에 한 번씩 이거를 핥으면 언제 그랬냐는 듯이 말짱해졌대. 나도 담석 수술하기 전에 한 번 핥아 봤어. 아직도 효과가 있더라. 근데 한입에 털어 넣으면 안 돼. 죽는단 말이 있으니까."

숙영이 이맛살을 찌푸리며 단호하게 말했다.

초과가 쿠킹포일을 손톱만큼 벗겨내자 떡처럼 쫀득해 보이는 암갈색 약이 드러났다. 수십 년에 거쳐 혀로 연마된 매끄러운 표면을 들여다보며 초과는 사타구니가 시커멓게 썩어 욕창으로 죽은 외할머니의 마지막 모습을 떠올렸다.

"혹시 모르니까 이것도 챙겨."

숙영이 베란다에 나가 먼지 앉은 숫돌을 들고 나왔다. 대를 물려

낫과 호미, 부엌칼을 갈아왔던 숫돌은 어른 팔뚝보다 조금 작았고 가운데가 오목하게 닳아 있었다.

"그걸 어따 쓴다고. 무거운데 짐만 되지."

"얘 좀 봐. 저걸로 작정하고 내리쳐 봐라. 소대가리도 쩍 갈라지지. 나이롱 끈이랑, 접는 칼이랑 이거 세 개는 꼭 챙겨 가."

숙영이 배낭을 뒤져 두유를 끄집어내고 숫돌과 나일론 끈, 방진마스크, 잭나이프를 욱여넣었다.

"못 말려 진짜."

숫돌이 들어간 배낭은 허리가 뒤로 휠만큼 무거웠지만, 숙영의 서슬 퍼런 기세에 차마 다시 꺼내 놓지 못했다. 그러는 사이 휴대전화가 진동했다. 윤재였다.

"응, 바로 나갈게. 국민은행 보이지? 그 사잇길로 들어와."

전화를 끊고 손목에 감아두었던 고무줄로 머리를 묶은 초과가 현관으로 향했다.

"신발장 열면 내 운동화 있어. 그거 신고 가. 시장표 말고 빨간색 휠라 걸로 신어. 그게 밑창이 두껍거든. 얘, 너 저기 주찬 할아버지 권총이라도 들고 갈래?"

숙영이 초과의 등을 괜스레 손바닥으로 털며 따라나섰다.

"발사나 되겠어? 바로 앞이래. 헬멧 쓸 거니까 괜찮아."

초과는 숙영의 바람대로 빨간색 휠라 운동화를 꺼내 신었다.

"엄마, 나 무울……."

초과가 숙영을 한 번 끌어안으려는데, 안방 문이 열렸다. 식은땀으로 원피스가 푹 젖은 초희였다.

"초과 너, 어디 가?"

초희가 거적같이 늘어진 눈꺼풀을 힘겹게 걷어올리며 물었다.

"갔다 와서 얘기해 줄게. 푹 자고 있어."

초과가 초희를 향해 손을 흔들어 보이곤 현관문을 열었다.

발열과 오한, 페인플루의 초기 증세였다. 초과는 계단을 내려가며 휴대전화로 130번에 전화를 걸었다. 신호가 떨어지자마자 "네" 하고 중년 남자가 전화를 받았다.

"여기, 상명동 28-10번지 한양연립 나동 201혼데요. 페인플루 의심환자가 있어요."

"증상이 어떤가요?"

중년 남자가 물었다.

"열나고 식은땀 흘려요. 아, 그리고 임산부예요. 33주. 전치태반 가능성도 있고요."

"그 환자 외에 과거 페인플루를 앓았거나 의심환자가 더 있습니까?"

전화를 받는 사람이 많은 모양인지, 중년 남자의 음성 뒤로 톤이 다른 여러 목소리가 뒤섞였다.

"현재까진 없어요. 어떤 조치를 취하실 거죠?"

"저희가 방문해서 이송할 겁니다. 외부 출입 엄금하고 기다리세요. 절대 밖에 나가시거나 외부인을 들여선 안 됩니다."

초과는 전화를 끊고 최 집사가 버르적거리는 집 앞 공터에 나왔다. 고개를 들어 베란다를 올려다보았다. 숙영이 어서 가라고 손을 휘저었다. 초과는 최 집사의 주름진 손을 피해 언덕을 내려갔다. 그녀는 빙 둘러싼 연립주택을 휘돌아보았다. 창가를 서성이며 바깥 상황을 주시하던 이웃들이 움직이는 사람을 발견하자 커튼을 닫았다. 거리는 요란한 안내방송만 계속될 뿐 한산했다.

초과는 큰길을 건너 윤재가 기다리고 있을 건물 사잇길로 접어들었다. 사잇길 끝에 오토바이 후미등이 보였다. 길쭉한 그림자가 초과를 향해 손을 흔들었다. 윤재였다.

"오다 좀비 안 만났어요?"

윤재가 초과를 발견하곤 마주 걸어왔다.

"만났어. 넌?"

"나도 만났어요. 시청 쪽 아파트 단지 주변엔 꽤 많아요."

윤재가 새카만 카본 헬멧을 초과의 머리에 씌워 주었다.

"타요, 가다 보면 구경거리 진짜 많아요."

윤재가 운전석에 먼저 올라탔다.

"그런데 어떻게 하루 사이에 좀비가 폭발적으로 늘어난 거지?"

누군가의 단말마를 들으며 초과가 물었다.

"아마 이상 고온 탓일 거예요. 체온과 비슷한 정도로 더워지면서 가장 핵심인 뇌의 부패가 촉진됐겠죠. 다 나은 것처럼 보였던 사람들도 실은 뇌 기능이 남은 채 사망한 사람들이었다고 생각해요."

"죽어도 죽는 게 아니구나."

유이를 떠나보낸 후, 환지통처럼 아이의 빈자리가 느닷없이 뻐근하고 저릿하다 느낄 때 그녀는 살아도 사는 게 아닌 것 같다는 생각을 했다. 살아도 사는 게 아닌 것처럼 죽어도 죽는 게 아닌 사람들이 도처에서 아우성치고 있었다.

"지금 가장 위험한 건 좀비가 아니라 산 사람들일지도 몰라요. 꽉 붙잡으세요."

뒷좌석에 앉자 자연스럽게 윤재의 등허리와 초과의 상체가 밀착되었다. 초과의 시선이 연료탱크 위에 붙은 BMW 엠블럼에 멈췄다.

"베엠베에서 오토바이도 나와? 너네 집 서점 한다더니 꽤 잘 되나 보다."

"짝퉁이에요. 그래도 연료는 만땅 채웠습니다. 자, 갑니다."

오토바이가 출발하자 내비게이션이 대로로 길 안내를 했지만, 큰 길은 모두 바리케이드로 막혀 있었다. 윤재는 내비게이션을 끄고, 주택가 골목길로 오토바이를 몰았다. 멀리서 퍽퍽, 폭죽 터지는 소리가 들렸다. 윤재의 등에 한쪽 귀를 바짝 붙이고 기대 있던 초과가 고개를 치켜들었다.

"이 소리 뭔 줄 알아요?"

오토바이는 단독주택 단지를 벗어나 시청 방향 상점가로 향했다.

"무슨 소린데?"

"곧 보게 될 텐데, 무서우면 눈 감고 있어요. 비위 상할 수도 있으니까."

오토바이 엔진 소리와 경쾌한 비명이 점점 다가오며 폭죽 터지는 것 같은 소음도 가까워졌다. 윤재의 경고에도 초과는 두 눈을 부릅뜨고 전방을 주시했다. 뜨개방과 떡집, 허벌라이프, 나이키, 한의원 등이 줄을 이은 상점가 인도 위에 숙영 또래의 아줌마가 장바구니를 손에 쥐고 몸을 비척거리며 걷고 있었다. 어디서 넘어졌는지 반바지 아래로 드러난 무릎은 깊게 패여 꾸덕꾸덕한 피가 맺혀 있었다. 맨발에 느린 걸음, 좀비였다. 그때 반대 차선에 오토바이 두 대가 앞서거니 뒤서거니 다가오며 요란한 괴성을 내질렀다. 오토바이엔 각각 두 명의 십 대들이 타고 있었는데, 뒷좌석에 앉은 사람은 야구방망이나 하키스틱을 들고 몸을 반쯤 일으킨 채였다. 앞에 달려오던 빨간색 오토바이가 속도를 늦추는가 싶더니, 뒷좌석에 앉아 있던 청년이 야구방망이로 아줌마의 뒤통수를 가격했다. 픽, 하는 소리와 함께 아줌마가 고꾸라졌다. 초과와 윤재의 오토바이가 아줌마와 청년들을 빠르게 스쳐갔다. 백미러에 비친 아줌마는 전봇대를 붙잡고 다시 몸을 일으켰지만, 이윽고 뒤따라온 오토바이의 하키스틱에 맞아 다시 한 번 픽 소리를 내며 자빠졌다. 청년들 중 한 명이 '스트라이크'를 외쳤다.

"저거 신고해야 하는 거 아냐?"

초과가 휴대전화를 찾아 호주머니를 더듬었다.

"지금 경찰들이 하고 있는 일도 저거랑 별반 다르지 않아요. 좀 이상하다 싶으면 무조건 닭장에 욱여넣고 있어요. 어디로 데려가는지는 아무도 모르죠. 대개 그물로 사로잡지만 곤봉으로 두들겨 패기도 하고, 공포탄이나 진짜 실탄을 쏜다는 얘기도 나돌아요. 특히 사설업체 사람들은 사살도 아무렇지 않게 하고요. 쟤들이 저러는 거다 어른들 보고 배운 거예요."

대답을 마친 윤재가 어금니를 깨물었다.

초과는 근대가 걱정됐다. 그의 틱장애 증상은 언뜻 좀비 워킹과 비슷해 보였다. 이 거리에서 가장 위협적인 건 좀비가 아니라 그들을 쫓는 사냥꾼들이었다.

근대는 해 뜰 무렵이 되어서야 여덟 개의 동을 가로질러 시외버스 터미널에 도착했다. 그의 눈앞에 어둠이 에워쌌던 거리의 살풍경이 서서히 드러나기 시작했다. 앞 유리가 성한 버스는 한 대도 없었고, 대합실 안의 의자는 전부 나동그라진 데다 토사물과 선지처럼 엉겨 가는 핏덩어리, 신문 조각과 동전, 짝 잃은 운동화 따위로 발 디딜 틈이 없었다. 이미 예상했던 일이라 크게 놀라지는 않았지만 언제 경찰과 맞닥뜨릴지 모르는 상황이 불안했다. 근대와 서울로 떠날 일행들은 아직 도착하지 않았다.

그는 좀비 수십 마리에게 헤드샷을 날린 찌그러진 쇠국자를 터미널 쓰레기통에 던져 넣었다. 그러고는 대합실 앞에 놓인 녹슨 식용유 깡통에 엉덩이를 붙이고 앉았다. 매표소와 승강장 사이를 종종거리던 늙은 검표원이 한 시간에 한 번씩 걸터앉아 담배를 피우던 자리였다. 그는 헤드기어를 벗어 배낭에 욱여넣고 일행들의 위치를 확인할 요량으로 휴대전화를 꺼내 들었다. 인터넷도 통화 연결도 모두 먹통이었다. 꺼 두었던 와이파이를 켰다. 근처에 설치된 공유기 몇 대가 검색됐다. 세 개의 통신사 이름 밑에 'SOS DUNKINDONUTS'이라는 이름의 와이파이가 떴다. 근대는 위험에 처한 누군가가 도넛 가게 안에서 구조를 기다리다 와이파이 이름을 바꿔 도움을 요청한다는 생각에 퍼뜩 깡통에서 일어섰다. 터미널을 빠져나와 도넛 가게가 있는 오른쪽으로 걸음을 틀었다. 암적색 소나타 한 대가 도넛 가게 유리벽을 들이받고 공회전 중이었다. 운전석에는 삼십 대 후반 정도로 보이는 단발머리 여자가 피를 흠뻑 뒤집어쓴 채 버르적거리고 있었다.

"밤……토리. 우리 밤토리. 바암토리."

여자가 절반쯤 떨어져 나가 너덜거리는 입술로 주절거렸다.

근대는 그녀가 부상자인지 좀비인지 확인하느라 운전석 쪽으로 조촘조촘 다가섰다. 꽤 충격이 컸을 텐데도 에어백은 터지지 않았다. 피대기 오징어처럼 검푸른 혈관이 번진 피부, 출혈된 눈과 기괴할 정도로 크게 벌어지며 웃는 입 모양, 좀비였다. 단발머리는 근대가 다가오자 거칠게 고개를 좌우로 흔들며 괴성을 질렀다. 안전벨트에 묶인 탓에 여자는 팔만 거칠게 휘저을 뿐, 그를 공격하지는 못했다.

본래 색깔을 알아볼 수 없게 피로 푹 젖은 원피스를 동그란 배가 들어 올린 게 근대의 눈에 들어왔다. 임신부였다. 여자의 비명이 다시 한 번 귀를 찢었다. 대개의 좀비들이 입으로 소리를 내곤 했지만, 옹알이 수준의 독백이거나 가래 끓는 소리 같은 괴성일 뿐 여자처럼 또렷한 비명을 지르지는 않았다. 여자의 동그란 배가 격하게 꿈틀거리며 쇳내가 풍겼다. 피로 얼룩진 그녀의 양 무릎이 넓게 벌어지며 가죽 미어지는 소리가 들렸다. 이윽고 여자의 다리 사이에서 철퍽, 붉은 핏덩어리가 쏟아졌다. 근대가 눈을 휘둥그렇게 뜨고 핏덩어리를 내려다보았다. 커다란 선지처럼 보이는 그것이 꿀렁꿀렁 움직이더니 빨그스름한 손가락 몇 개가 불쑥 튀어나왔다. 양막을 찢고 개구리처럼 깨륵깨륵 악을 쓰는 그것은 아기였다.

근대가 아기를 구해야겠다고 마음먹은 순간 젖은 빨래처럼 축 늘어져 있던 여자가 번쩍 눈을 떴다. 그녀는 근대를 향해 부서진 앞니를 드러내며 유리창을 손톱으로 긁었다. 군데군데 매니큐어가 벗겨진 다홍색 손톱이 뒤로 꺾이며 여린 살을 밀어냈다. 그녀의 발치에 놓인 아기는 어느새 울음을 그쳤다. 아기는 생닭처럼 바짝 웅크린 채로 제 어미의 발길에 차였지만 아무런 반사작용도 없었다. 아기가 죽었다고 판단한 근대는 입술을 깨물고 운전석 문짝을 세게 걸어찼다.

가게 안은 테이블과 의자, 부서진 유리 조각으로 가득했다. 뿌연 연기가 솟아나는 보닛이 자그마한 도넛 가게 홀을 지나 주방문을 틀어막고 있었다. 문에는 책 한 권만 한 크기의 유리창이 뚫려 있었다.

"크흐흐흡…… 안에, 그 안에 누구 있어요?"

근대가 목소리를 돋웠다.

그러자 유리창 안쪽에서 앳된 소녀 하나가 긴 머리를 나풀대며 폴짝 뛰어올랐다.

"네, 저하고 매니저님하고 있어요. 매니저님은 많이 다쳤어요."

소녀가 울먹거리는 목소리로 대답했다.

주방문 앞으로 다가간 근대의 눈에 지샥 손목시계를 찬 손이 들어왔다. 문틈과 이어진 벽 중간부터 피가 흘러내리고 있는 걸 보니, 매니저라는 사람의 손목이 문틈에 끼었을 때 차가 돌진해 절단된 모양이었다.

"크흐흡…… 언제부터 거기 있었어요? 다친 사람 크흡…… 의식은 있어요?"

24시간 영업을 하는 가게이니 언제 사고가 터졌을지 알 수 없었다. 어젯밤에 벌어진 일이라면 출혈량이 상당할 터였다.

"두 시간 전쯤이요. 의식은 있어요. 물 찾는데 줘도 되는지 몰라서 안 주고 있어요."

다시 유리창 너머로 소녀의 얼굴이 퐁, 튀어 올랐다. 찰나의 순간이었지만 소녀의 얼굴이 놀람과 두려움으로 일그러졌다. 주방문 안에서 날카로운 비명이 터져 나왔다. 근대가 뒤를 돌아보았다. 단발머리가 붉은 핏덩이를 손에 들고 입을 크게 벌렸다. 근대가 검지로 안경을 깊이 눌러쓰고 단발머리에게 한걸음 다가섰다. 그녀의 하얀 앞니 사이에서 뭉개지고 있는 건, 갓 태어난 아기였다. 단발머리가 뇌까리던 '밤톨이'는 아기의 태명이었다.

믿을 수 없는 광경을 목격한 근대의 오른팔과 왼 다리가 몸을 가눌 수 없을 지경으로 경련을 일으켰다. 고개마저 좌우로 꺾이며 턱이 덜덜 떨렸다. 유리창으로 근대의 발작을 바라본 소녀가 터져 나오는 비명을 손으로 틀어막으며 흐느꼈다. 그러는 사이 경찰차 한 대가 반대 차선에서 유턴을 해 도넛 가게 앞에 섰다.

"생존자 있습니까? 안에 생존자 있습니까?"

냉랭한 음성이 확성기를 통해 흘러나오며 곤봉과 권총으로 무장한 경찰 셋이 차에서 걸어 나왔다.

지금까지의 상황을 설명해야 했지만, 발작이 최고조에 달한 근대는 자신의 몸을 컨트롤하지 못하고 옆으로 쓰러졌다. 그의 발치에 매니저의 잘린 손이 놓여 있었다. 경찰 한 명이 단발머리를 M60 리볼버로 조준 사격하는 동시에 다른 둘이 근대의 머리를 향해 곤봉을 힘껏 들어 올렸다. 근대가 비명 대신 크흐흡, 틱 증상을 보이며 몸을 굴렸다.

"이 새끼, 좀비 치고 잽싸네."

경찰 한 명이 곤봉을 내려놓고 허리춤에서 권총을 꺼내 들었다. 근대는 이 순간 소녀가 다시 통, 하고 뛰어올라 무슨 말이든 해 주었으면 좋겠다고 생각했지만 가느다란 흐느낌만 전해질 뿐이었다.

"거, 뭐합니까? 총알 아깝게."

근대가 눈을 질금 감고 호흡을 깊이 끌어당긴 그때, 불쑥 누군가 끼어들었다. 먼저 도착한 경찰 셋과 달리 정복을 멀끔하게 차려 입은 사내가 히쭉 웃으며 가게 안으로 들어왔다. 그는 구둣발로 근대의 가슴을 세게 한 번 걷어차곤 손에 들고 있던 그물을 얼굴에 씌웠다.

"실탄 함부로 쓴 거 소문나 봐요. 나중에 사람들이 청와대로 몰려가서 대통령 물러나라고 시위할 거 아닙니까. 그럼 누가 책임져요? 우리 같은 깃털들만 줄줄이 옷 벗는 거지. 군포 쪽에 소각장 생겼다면서요? 생포해서 거기 갖다 주면 되는데, 정보 수집이 그렇게 느립니까? 아둔하긴."

사내가 그물에 달린 끈을 올가미처럼 잡아당겨 목에 동여맸다. 사내의 훈계에 경찰이 총을 거두고 헛웃음을 터트렸다.

"우린 생포하라는 명령은 못 들었습니다만. 게다가 그런 사제 뺨치는 고급 보급품은 여태 구경도 못했습니다. 대체 어디다 신청해야 우리도 손맛 좀 봅니까."

사복 경찰 중 한 명이 비아냥거리며 시비조로 물었다.

"뭐, 손맛? 당신 여기가 낚시터인 줄 알아? 몇 시간 전만 해도 이 사람들 성실히 세금 착착 내는 국민이었어. 당신 같은 사람들 월급 주는 봉이었다 이거야."

사내의 일갈에 경찰 중 가장 늙수그레한 자가 앞으로 다가섰다. 반백에 불그스름한 얼굴빛을 가진, 신선 같은 인상이었다.

"우리 애들 말이 거칠어 죄송하게 됐습니다. 이틀째 한숨도 못 잤으니 다들 반짐승이 됐어요. 이해해 주실 거라고 생각합니다. 김, 창렬 경감이라고 부르면 됩니까? 젊은 나이에 이렇게 승승장구하시니 참 부럽습니다."

신선이 잠시 말을 끊고 자신의 불룩한 배 위에 손을 모았다.

"근데 김 경감은 그거 아십니까? 세금은 우리도 내고 있어요. 여기, 밥풀때기 하나 붙은 최 순경도 내고 거기, 나자빠진 뚱보 좀비도 낸단 말이오. 왜 국가에서 공부 잘하는 애들 데려다 장학금 주고 유니폼 입혀 주는 줄 아십니까? 다 은혜 갚으라고 그러는 거요. 나중에 출세해서 감투 쓰면 정부의 충실한 나팔수 되라고. 내 말이 틀린 것 같소? 지금 계엄령이 떨어졌어요. 내 식구, 내 이웃 생떼 같은 목숨 구하려면 이놈들 싸그리 박멸해야 합니다. 한 놈도 살려 둬선 안 된다, 이 얘깁니다! 누군 좋아서 이런 일 하는 거 아니잖습니까. 안전은 세금 내는 사람들의 권리예요. 그걸 지켜 주는 건 세금으로 월급 받아먹는 우리들의 의무이기도 하고요. 우린 우리 방식대로 밀고 나갈 테니, 경감은 그놈 데리고 여기서 나가 줬으면 좋겠소."

신선이 턱짓을 하자, 어정쩡하게 서 있던 젊은 경찰 한 명이 빠루를 들고 와 자동차 문틈을 빠갰다. 두부의 절반이 날아간 여자가 도넛 가게 바닥으로 고꾸라졌다. 그녀의 다리 사이로 선홍색 탯줄이 늘어졌다. 어금니를 지끈 깨문 사내가 근대의 목에 묶인 올가미 끈을 잡아끌었다. 근대가 짐승처럼 몸을 뒤틀며 반항했지만, 그럴수록 올가미는 점점 조여들었다. 별 수 없이 무릎걸음으로 사내를 따라 가게를 빠져나왔다. 주방문 너머에서 소녀의 울음소리가 거세졌다.

"나도 미국 경찰들처럼 도넛에 아메리카노나 한잔했으면 좋겠는데, 갈 길이 머니 서두릅시다."

사내가 아무렇지 않은 척 시답잖은 농지거리를 하며 걸음을 서둘렀다.

깨진 유리 조각이 근대의 면바지를 뚫고 들어와 무릎에 박혔지만, 그는 엄살 부리지 않고 충실한 개처럼 사내의 발뒤꿈치를 따랐다. 경찰차 앞에서 둘을 기다리고 있던 여경이 뒷문을 열어 근대를 태우고 운전석에 앉았다.

"경감님, 출발해도 되겠습니까? 경광등 켤까요?"

사내가 보조석에 앉자 여경이 물었다.

"경광등은 너무 오바 아냐? 일단 출발."

차가 텅 빈 도로를 달리기 시작했다.

"그만 올가미 푸시죠. 웃는남자님."

사내가 뒷좌석에 모로 누운 근대를 돌아보며 말했다.

'웃는남자'는 근대의 닉네임이었다. 그제야 근대가 목에 매듭진 올가미를 풀어내고 긴 숨을 내뱉었다.

"지저벨 경, 그 말 사실이야? 소각장, 군포에 소각장 얘기 말이네."

지저벨 경이라 불린 사내가 고개를 끄덕여 보였다.

경찰복의 사내는 근대가 운영하는 애니메이션 커뮤니티 회원으로 지저벨이라는 닉네임을 썼다. 그는 7년째 경찰공무원시험을 준비하고 있지만, 실상 대부분의 시간은 애니메이션을 보거나 라이트노벨을 끼적이는 데 보내는 오타쿠였다. 몇 년 전 그의 라이트노벨이 출간되면서, 닉네임 뒤에 '경'이라는 작위가 붙게 되었지만 그걸 불러주는 사람은 근대와 운전석에 앉은 타라뿐이었다.

"주파수만 잡으면 무전 내용 엿들을 수 있어요. 어차피 경찰들도 공청주파수 쓰니까요."

타라가 콘솔박스를 열어 무전기를 켜고 다이얼을 돌렸다. 화이트노이즈와 팝송이 지나간 뒤 지글거리는 목소리가 튀어나왔다.

"…… 파인타워 지하주차장 입구…… 안에 백여 명이…….."

주파수를 벗어났는지 목소리가 끊기고 귀 따가운 소음만 지글댔다. 짧은 교신 내용만 가지고선 백여 명이 숨어 있다는 것인지, 죽었다는 것인지 알 수 없었다. 근대가 고개를 돌려 차창을 내다봤다. 눈에 팔을 늘어뜨리고 걷는 좀비 몇과 대규모 아파트 단지가 들어왔다. 파인타워라고 적힌 아파트 이름이 LED 조명 아래 푸르게 빛났다.

"지금까지 수집한 정보에 따르면, 안전한 곳은 없어요. 규정대로라면 아파트나 대형 건물 지층엔 라이프키트가 있어야 하고, 자가발전기와 지하수 정수 시설도 갖춰야 하는데 녹슬고 곰팡이 피고, 아니면 애당초 없고. 뭐 그런 상황이래요. 차라리 자기 집에 숨어 있으면 목숨은 부지했을 사람들이 대피소로 피신해서 독 안에 든 쥐꼴이 된 거예요. 덕분에 경찰들은 일이 수월해졌나 봐요. 입구 봉쇄

하고 몇 시간만 기다리면 전원 감염자가 되어 버릴 테니까요."

타라는 지저벨의 애인이었다. 네일아티스트인 그녀는 한 달에 두 번 가게 문을 닫는 날이면 지저벨의 비좁은 자취방 침대 위에서 AK 소총이나 대전차, 자주포 모형 따위를 함께 조립하는 걸로 데이트를 대신했다. 그리고 얼마 전부터 타라는 경찰놀이에 빠져 밤새도록 시뮬레이션 게임을 하고 폐차 직전의 중고 아반떼를 사다 직접 도색하기에 이르렀다. 언뜻 진짜 경찰차로 보일 만큼 정교하지만, 진퉁이라면 의당 있어야 할 CCTV, 운전석 보호 철제 프레임, 사건 정보를 검색할 수 있는 내비게이션 등이 생략된 미완의 상태였다. 처음의 계획대로라면 타라의 수제 경찰차는 다음 주 수요일 새벽에 엔진이 분해된 채 코믹페스티벌이 열리는 AT센터로 옮겨졌을 테지만, 계엄령이 선포되고 도로가 봉쇄된 지금으로선 유일한 이동 수단이 되었다.

서울 변두리에 살고 있는 지저벨과 타라는 근대를 만나기 위해 목숨을 걸고 시 경계선을 넘어온 터였다. 근대가 굳이 터미널로 나온 건 행여 좀비가 되어 가족들을 공격하는 자신의 모습을 동료들에게 보여주지 않으려는 배려였다.

"크흐흐흡…… 큽, 상명동으로 가세. 어머니와 여동생을 데려가기로 약속했어."

집이 가까워질수록 근대의 머릿속엔 초희에게 열이 난다고 속삭이던 숙영의 목소리가 선명해졌다. 그가 걷고 뛰고 숨어 터미널에 도착하기까지 수백 번은 들었던 안내방송을 그대로 따랐다면, 지금쯤 초희와 숙영은 집에 없을지도 몰랐다.

한때 닭장차로 불렸던 구버전 의경버스 한 대가 그들 앞으로 쌩하니 달려 나갔다. 강화플라스틱 보호망으로 단단히 감싼 버스의 뒷창문 너머로 중학생 정도로 보이는 소년의 얼굴이 얼비쳤다. 소년은 동그랗게 만 주먹으로 연신 창문을 두드리다 이내 사라져 버렸다.

"지저벨 경, 방금 봤어? 암만 봐도 좀비 같지 않은 애가 버스에 타고 있었어. 크허헙."

근대가 엉덩이를 들썩하며 지저벨의 어깨를 손으로 짚었다.

"오는 길에 많이 봤어요. 아마 1차 감염자인 거 같아요. 보호자도 있었을 텐데, 혼자 있는 게 안쓰럽긴 하네요. 호흡기로 감염된 사람이 1차 감염자, 좀비한테 물려서 감염된 사람이 2차 감염자로 분류된답니다. 1차 감염자는 좀비화되는 데 상당한 시일이 걸리는데, 직접 물리면 몇십 분 만에 끝난대요. 그러니까 쟨 아직 좀비가 덜 된 거죠. 그나마 정신 붙어 있는 게 참 용하네요. 저 안엔 좀비 시체들이 가득할 텐데."

근대가 입술을 앙다물고 앞서가는 버스를 노려보았다. 그의 눈에 소년은 어린 시절 자신이었다.

근대는 아버지의 주검을 영구차에 싣고 화장장으로 향하던 열일곱 살로 돌아갔다. 이틀 밤 동안 꼿꼿이 서서 문상객을 받던 어린 상주는 영정 사진을 품에 앉고 붉게 짓무른 눈가를 싸구려 양복 소매로 훔치다 창문으로 쏟아진 4월의 햇살 아래 저도 모르게 잠이 들었다. 고작 한 시간 반의 거리였지만, 근대는 낮게 코까지 골아 가며 다디단 잠에 빠져 있었다. 그의 뒷자리에는 외숙모와 숙영이 앉아 질금질금 눈물을 짜내며 야속하게 떠난 사람을 원망했다.

"형님, 요즘 세상엔 아빠 없어서 후레자식이 아니라 돈 없어서 후레자식 소리 듣는 거랍니다."

꿈도 없이 깊은 잠에 빠졌던 근대가 외숙모의 카랑카랑한 목소리에 정신이 들었다. 옆에 앉은 초희가 그의 어깨에 이마를 비비댔다.

"목소리 좀 낮춰. 얘들 잠귀 밝아."

숙영이 화들짝 놀라 올케의 팔뚝을 쥐어질렀다.

근대는 잠이 달아났지만 선뜻 고개를 돌리지 못했다. 그가 들어선 안 될 말이 오갈 것 같은 낌새였다.

"그 양반 입장도 생각해야죠. 아주버니 오늘내일한 게 꼬박 5년인데, 여태 형님만 처다보고 기다렸다면서요. 병원 원무과장이면 직장 확실하겠다, 딸린 자식 없겠다, 개똥밭 구르듯이 5년을 생고생했는데 재가한다고 욕할 사람이 누가 있어요. 욕을 하면 내가 쫓아가서 혀뿌리를 뽑아 놓고 말지."

외숙모가 얼른 목소리를 낮춰 소곤거렸지만 근대는 한 마디, 한 음절도 놓치지 않았다. 외숙모가 말하는 사람이 누구인지 근대도 짐작이 갔다. 문병을 갈 때마다, 병원 로비 자동문이 열리면 자동으로 일어나 근대에게 황급히 걸어오던 사내. 아버지의 중학교 동창이라던 그는 늘 와이셔츠 소매를 걷어 올린 모습이었다. 정수리까지 대머리가 졌지만, 두상이 이지러진 데 없이 동그랗고 이목구비가 또렷한 미남이었다. 말이 적고 수줍음이 많던 사내는 가끔 근대의 교복 주머니에 병원 이름이 박힌 봉투를 찔러주고 사라졌다. 대개 봉투 안에는 만 원짜리 몇 장이나 문화상품권이 있었지만, 중학교 졸업식을 앞둔 며칠 전에는 수표 두 장이 들어 있기도 했다.

근대는 외숙모의 무례한 언사에 숙영이 한마디쯤 쏘아붙이기를 바랐지만, 그녀는 아무 말이 없었다.

"저는요, 이렇게 썰렁한 장례식은 생전 첨 봐요. 아무리 조실부모를 했다지만 어떻게 사촌 한 명 얼굴 디미는 사람이 없답니까. 차라리 잘됐어요. 걸구치는 사람은 없잖아요. 딸들이야 새아빠가 작정을 하고 얼러 키우면 따른다지만 아들 핏줄은 또 다르지요. 근대 땜에 그러는 거면 우리가 잠깐 맡아도 돼요. 2년만 있으면 대학이든 군대든 갈 거 아녜요."

이쯤에서 숙영이 버럭 화를 내며 외숙모의 뺨따귀를 갈길 거라고 근대는 기대했다. 하지만 그녀는 대꾸를 미뤘다.

"그래도 사춘기잖아."

한참 만에야 숙영이 입을 뗐다.

근대의 어깨가, 그의 의지와 달리 푸들푸들 떨렸다. 들고 있던 영정 사진이 바닥으로 곤두박질쳤다. 아무도 눈치채지 못했지만, 근대의 틱 증상은 그때가 처음이었다. 뭔가 대꾸를 하려던 외숙모가 얼른 입을 닫고 눈을 감았다.

화장장에 도착해서도 근대는 눈을 뜨지 않았다. 숙영의 얼굴을 똑바로 쳐다볼 자신이 없었다. 숙영이 근대의 어깨에 손을 대자, 외삼촌이 자는 애 깨우지 말고 어른들끼리 얼른 다녀오자며 앞장을 섰다. 잠시 머뭇거리던 숙영이 바닥에 떨어진 영정 사진을 거두어 차에서 내렸다. 많지 않은 외가 친척들이 그녀의 뒤를 따랐다. 차에 남은 건 흰 타이즈에 검정색 원피스를 입고 곤히 잠든 초희와 초과, 그리고 근대뿐이었다. 사람들의 발소리가 잦아들자, 근대가 자리에서 일어나 맨 뒷자리에 앉았다. 눈이 시큰하고 골이 띵할 정도로 볕이 좋은 날이었다. 느릿느릿, 화장장으로 향하는 숙영의 뒤태가 아직 밉지 않았다.

근대는 엄마를 저대로 놓아둔다면, 세 남매는 까맣게 잊은 채 영영 돌아오지 않을지 모른다고 생각했다. 그러나 두 시간 후 숙영은 따끈한 유골함을 품에 안고 부쩍 초췌해진 얼굴이 되어 돌아왔다. 그날부터 숙영은 몇 날 며칠을 끙끙대며 잠 못 이루고 살을 내리다 결국 낡아빠진 연립에 엉덩이를 주저앉히고 말았다. 하지만 십수년이 지난 지금도 근대는 악몽을 꾸었다.

내용은 늘 같았다. 고통스럽게 눈썹을 꿈틀대고 입술을 비틀고 뺨에 경련을 일으키는 숙영의 얼굴이 마치 카메라 클로즈업처럼 바싹 근대의 시야로 다가섰다. 매번 그는 엄마, 죽지 마! 라고 외쳤고, 숙영은 비명조차 시원하게 내지르지 못한 채 가쁘 헐떡이며 눈을 까 뒤집다가 이내 축 늘어졌다. 그러고는 서서히 포커스가 멀어지며 숙영의 목덜미와 어깨와 젖가슴이 차례로 드러났다. 그녀의 다리 사이에서 번들거리는 대머리가 고개를 들었다. 숙영이 사지가 끊어 질 것처럼 몸부림친 건 고통이 아니라 극한의 쾌감 때문이었다. 사 내가 숙영의 젖가슴에 얼굴을 묻자 그녀가 환하게 웃었다. 그 순간 부터 고통에 몸부림치는 쪽은 근대가 되곤 했다. 꿈에서 깨어날 때 마다 그의 틱 증상은 정도를 더해 갔다.

"타라, 저 차 가로막고 세워 봐."

근대는 만약 소년이 페인플루가 아닌 단순한 편도선염이나 기관 지염 환자라면, 어떻게든 저 지옥에서 끄집어내야 한다고 생각했다. 남은 인생 매일 밤 똑같은 악몽을 꾸더라도 살아남는 편이 낫다고 믿었다.

"웃는남자님, 까딱하면 저희도 소각장 끌려가는 수가 생겨요. 보 시다시피 겉만 그럴듯하지 내부는 썩어빠진 아반떼라구요."

난처해진 타라가 근대와 지저벨의 눈치를 살피며 살그머니 속도 를 줄였다.

"크허업…… 큽. 너희까지 위험에 빠뜨리지 않아. 가로막고 세워 주기만 하면 크흐흡…… 다음은 나 혼자 처, 리, 한, 다."

적이 우스꽝스러운 오타쿠 말투였지만 누구 하나 웃지 못했다.

"형, 아니 웃는남자님. 그게 말이 쉽지……. 무슨 계획이라도 준비하신 거예요? 이거 아주 심각한 일입니다."

지저벨이 안전벨트를 풀고 상체를 돌려 근대를 바라보았다. 그러나 근대는 쉽게 입을 떼지 못했다. 그저 버스를 멈춰 세우고 차 문을 열어 살아 있는 사람들을 풀어 줘야 한다는 정의감뿐 아무런 계획이 없었다. 버스는 점점 멀어지고 있었다.

"내 생각엔…… 미끼가 필요해."

한참 만에 근대가 무거운 혀를 들어 올렸다.

"설마 웃는남자님이 미끼가 되겠다는 건 아니죠?"

화들짝 놀란 지저벨이 물었다.

"그럴 순 없지. 우린 코페에 가야 하잖아. 좀비들이 끓는 곳으로 이끌면 어떨까. 경찰들이 좀비사냥을 하는 동안 어떻게든 해 보려고."

"좀비가 끓는 곳이 어딘데요? 아시다시피 전 이쪽 지리는 꽝이에요."

타라가 물었다.

"일단 버스를 앞질러서 유도 사인을 보내. 다음 사거리에서 우회전, 그리고 직진."

간밤에 근대가 거쳐 온 길 중 가장 좀비가 많은 곳은 이 도시의 중심가인 클럽 골목이었다.

클럽에 드나드는 사람들은 대개 근방에 위치한 예술대학교 학생들과 직장인이었지만, 간혹 성숙한 옷차림을 한 미성년자도 섞여 있었다. 물론 입구에서 얼마든지 걸러 낼 수도 있었다. 그러나 임시 검문 기간만 잘 피해 가면 월 사오백은 더 남기는 장사를 포기하는 업주는 드물었다. 단속 정보를 흘리는 건 시내에 몇 개의 건물을 가진 시의원과 그의 죽마고우인 경찰서장이었다. 시의원은 몇 주 전부터 괴질의 위험을 눈치채고 제주도에 있는 자신의 별장으로 도피했고, 소문에 밝은 인근의 업주들도 하나둘 해외로 출국했다. 클럽 골목에 남은 사람은 아무 결정권이 없는 종업원들과 알바비를 추렴해 회포를 풀러 온 청년들이었다.

지난밤, 사이렌이 울리고 인터넷과 뉴스 채널에서 대피 속보가 뜨자 가장 먼저 클럽 지배인들이 도망을 쳤고, 뒤이어 주방장과 매니저급 웨이터, 속칭 기도라 불리는 보안직원들이 살 길을 찾아 우왕좌왕 떠났다. 이제 남은 건 팁벌이로 사는 웨이터들과 주방 찬모, 그리고 모가지가 날아가면 비비고 살 데 없는 경비원 정도였다.

클럽의 손님들은 자정이 훌쩍 넘어서야, 카톡과 인터넷으로 대피하라는 소식을 들었다. 그들 중 겁 많은 누군가가 "대피하래요! 이대로 있으면 다 죽는대요!"라고 소리치며 카운터를 지나 출구로 달려갔다. 매출을 놓치게 생긴 담당 웨이터가 쟁반을 집어 던지며 그 뒤를 쫓았다. 술렁이던 손님들이 하나둘 핸드백과 휴대폰을 챙겨들고 출구로 밀려나왔다. 계산을 치르려고 카운터에서 머뭇거리는 사람은 한 명도 없었다. 매출을 고스란히 날리게 생기자, 약이 바짝 오른 웨이터 몇이 출구를 어깨로 밀어 닫고 임시검문 때처럼 쇠파이프 걸쇠를 내렸다. 웨이터 중 한 명이 옆 건물 웨이터에게 방금 벌어진 일을 카톡으로 보냈다. 곧이어 다른 클럽 웨이터들도 영업장을 버리거나 매출을 놓칠 게 두려워 걸쇠와 셔터를 내리기 시작했다.

갇힌 사람들 중에는 열이 치솟는 중에도 친구의 손에 끌려 클럽에 온 감염자도 섞여 있었다. 그러나 정작 문제를 일으킨 건 감염자들이 아니라 폐쇄의 공포를 감당할 수 없는 젊은 혈기였다. 112와 119가 전화 폭주로 불통이 되자 여기저기서 사소한 이유로 시비가 붙기 시작했다. 술병이 깨지고 테이블이 뒤집어지며 욕설이 오가는가 싶더니, 유난히 눈이 벌겋게 충혈된 사람을 감염자로 의심하며 집단 폭행을 가하기도 했다. 그리고 새벽녘이 되어서야 고립자 중 두 명의 감염자가 좀비로 돌변해 사람들을 공격하기에 이르렀다.

걸쇠를 열어 준 건, 마지막까지 경비초소를 지키던 칠순의 경비원이었다. 그 역시 감염자로 이미 일주일 전부터 고열과 오한 증세를 보여 왔지만, 건물주는 병가를 허락하지 않았다. 경비원은 어차피 바닥난 목숨, 한 명이라도 살려 보겠다는 일념으로 생존자를 찾아다녔다. 그는 좀처럼 움직이지 않는 다리를 끌며 클럽 문을 굳게 막은 걸쇠를 열었다. 생존자는 없었다.

경찰도 그곳에 가장 많은 감염자가 있을 거라고 추정했지만, 상부에선 특수기동대를 기다리라는 명령만 거듭할 뿐 별다른 조치가 없었다. 지난 새벽, 군대는 떫은 감처럼 여기 한 입 저기 한 입 물어뜯긴 채 나뒹구는 시체와 좀비들 사이에서 간신히 목숨을 지켜냈다. 다시 그곳으로 돌아가야 하는 그로선 러시안룰렛의 마지막 두 발 중 하나를 발사하는 심정이었다.

타라가 경광등을 켜고 속도를 내 버스를 앞질렀다. 지저벨이 창문을 열고 경광봉을 흔들며 버스를 이끌었다. 버스는 얌전히 그들의 경찰차를 따라 우회전을 했다.

"웃는남자님, 이제 구체적인 계획 좀 풀어 보세요."

뒤쫓아 오는 버스를 불안한 눈으로 흘끔거리던 지저벨이 기어들어 가는 목소리로 물었다.

"여기서 5분만 가면 클럽 골목이 나와. 크흐흐흡…… 아마 수백 명은 될 거야. 좀비가 모여 있는 곳에 나를 내려 줘. 자연스럽게 문이 열리겠지? 크흐읍, 그 틈을 타서 버스로 들어가 소년을 구할 거야."

지저벨이 밤송이 같은 머리를 차창에 가볍게 찧으며 신음했다.

"외람되지만 웃는남자님 계획이란 거, 황당한 첩보무비 예고편 같아요. 희생자는 그 소년 한 명만이 아니잖아요. 모두 구할 수 없다면 아무도 구하지 않는 게 나을 수도 있어요."

타라가 룸미러로 근대의 눈치를 살피며 말했다.

"사람이 언제 죽는다고 생각하나! 심장이 총알에 뚫렸을 때? 아니. 불치의 병에 걸렸을 때? 아니. 맹독 스프를 먹었을 때? 아니야! 사람들에게서 잊힐 때다. 우리 눈으로 본 이상 소년을 잊어선 안 돼.

설령 구하지 못하더라도 끝까지 해 보는 거야."

근대가 틱 증상 없이 나직한 목소리로 말했다.

지저벨이 다시 차창에 머리를 찧었다.

"〈원피스〉 86화, 닥터 히루루크 대사군요."

시큰둥한 지저벨과 달리 타라가 발그스름하게 눈시울을 적시며
고개를 끄덕였다.

"하지만 웃는남자님, 우리 목숨도 달린 일이잖아요. 아까 웃는남
자님을 구할 수 있었던 건 정말 운이 좋아서였어요. 매번 그 운이 통
하지는 않는단 거죠."

지저벨이 대시보드에서 꺼낸 생수를 병째 들이켰다.

"지저벨 경, 타라. 그대들은 차 안에 있어. 만약 내가 좀비의 희생
자가 된다면 그땐 뒤도 돌아보지 말고 떠나. ㅋㅎㅎㅎ흡."

굳은 결심을 밝힌 근대가 다리에 경련을 일으키며 심호흡을 했다.
지저벨이 조용히 콧방귀를 뀌었다.

얼마 지나지 않아 그들 앞으로 스타벅스와 맥도날드, 아리따움,
홈플러스가 다가왔다. 취객인지 좀비인지 구분할 수 없는 사내가
유플러스 매장 앞을 휘적휘적 걸었다. 근대에게 직장과 건강이 남
아 있던 시절, 열심히 쏘다니던 거리는 활기를 잃은 채 숨죽여 앓고
있었다. 유흥가 입구로 접어들자 텐텐, 에고이스트, 엑스보이프렌드
따위의 클럽들이 어깨를 겨눴고, 사이사이 지키는 이 없는 소형 편
의점과 약국들이 LED 조명 아래 창백하게 식어 갔다. 그때, 청바지

에 체크무늬 셔츠를 입은 청년 하나가 클럽 입구에 쓰러진 처녀의 허연 허벅지에 얼굴을 파묻고 있었다. 뒤따라오던 버스가 짧게 경적을 두 번 울렸다.

"쟤들 어쩌라는 거죠?"

타라가 미간을 접으며 사이드미러를 흘깃거렸다. 이번엔 조금 더 긴 경적과 함께 버스가 멈춰 섰다. 꽤 멀어져서야 타라도 차를 멈추고 창문을 조금 열었다.

"여기 대여섯 마리쯤 더 담을 수 있다. 쟤들 담고 출발!"

버스 차창으로 중년의 경찰관이 몸을 기울이며 확성기로 말했다. '마리'라는 표현을 듣자 근대의 팔등 위로 소름이 돋았다.

"어떡할까요?"

타라가 근대를 향해 물었다.

지저벨이 벌겋게 달아오른 얼굴을 마른세수했다.

"크흐흡…… 조금만 더 가면 훨씬 많은데, 어쩔 수 없지."

근대가 소매로 이마에 맺힌 식은땀을 닦았다.

"말릴 재주가 없네요. 이거 M60이에요. 어제 타라가 조립해서 커스터마이징했어요. 진짜는 아니지만 그냥 봐서는 눈치채지 못할 거예요. 그리고…… 최대한 빨리 돌아오세요. 가족 구하러 가야 한다면서요."

지저벨이 권총 한 자루와 홀스터벨트를 근대에게 건넸다.

"미안하게 됐군, 지저벨 경. 당부한 대로 상황이 불리하다 싶으면 그대로 출발해. 난 아무 원망하지 않네."

운전자가 다시 확성기로 "이쪽 가용 인력 두 명, 그쪽에서 한 명만 지원해 주면 된다"라고 외쳤다. 버스 문이 열리자, 어깨에 그물을 짊어진 순경 한 명, M60을 뽑아들고 자세를 낮춘 순경 한 명이 내렸다. 문이 열리는 사이를 노렸어야 했는데, 거리가 너무 멀었다. 다시 기회를 찾아야 했다. 근대도 어깨에 멘 배낭을 벗고 자꾸만 꿈틀대는 팔을 바짝 끌어당겨 진정시킨 뒤 홀스터벨트를 묶었다.

"지저벨 경, 뒷문 좀 열어 주겠나."

근대의 부탁에 지저벨이 좌우를 살피며 조수석에서 내려 뒷문을 열었다. 달아오른 아스팔트에서 후끈한 열기가 근대의 얼굴로 훅 끼쳤다.

"저도 웃는남자님처럼 애니 명언 멋지게 날리고 싶은데 다 까먹었어요. 지금은 머릿속이 하얘요."

지저벨이 고개를 푹 수그리고 옆으로 비켜섰다.

"돌아와서 들을게."

근대가 지저벨의 등을 떠밀어 조수석에 앉히고 고개를 들었다. 수산시장 젓갈 창고에서나 날 법한 지독스러운 쿠린내가 그를 가로막았다. 숨을 짧게 끊어 쉬며 좀비가 있는 방향으로 몸을 틀었다. 그들이 멈춘 곳은 좀비가 있던 자리에서 300미터쯤 떨어져 있었다. 살금살금 좀비 커플에게 다가가는 두 명의 경찰을 물끄러미 바라보던 근대가 흠칫 놀란 표정으로 손을 말아 쥐었다.

"제길, 왜 그 생각을 못한 거지."

근대의 얼굴에 화색이 돌았다. 체크남방 좀비는 순경 둘에게 맡기고 버스 운전자에게 다가가 문을 열어 달라고 한 다음 재빨리 철장을 열면 생존자를 구할 수 있다는 걸 이제야 생각해 낸 거였다. 걸음을 늦추고 두 명의 순경이 좀비에게 다다르기를 기다렸다. 체크남방이 고개를 치켜들고 낮게 으르렁거렸다. 허벅지를 뜯기던 여자도 어느새 좀비가 되어 어깨를 파르르 떨며 붉은 눈시울로 순경들을 바라보았다. 앞서 다가간 순경이 몸을 낮추고 그물을 집어던졌다. 고양잇과동물처럼 쉭쉭대는 좀비 둘과 순경들을 뒤로한 채 근대가 몸을 돌려 버스로 향했다. 그러고는 버스 문을 주먹으로 세차게 두들겼다. 사이드미러로 좀비들의 발광을 지켜보던 운전자가 의아한 표정을 지었다. 그의 눈길이 근대의 옆구리에 매달린 권총에 머물렀다.

"크허어업, 안에 찾을 사람이 있습…… 니다. 문 좀 열어 주세……."

틱 증상이 최고조에 달해 말을 제대로 잇지 못했지만, 운전자는 의외로 순순히 버스 문을 열고 철문에 달린 열쇠까지 던져 주었다. 경찰들 중에도 심약한 사람은 얼마든지 있었고, 징계를 면치 못할 걸 알면서도 무단결근한 사람도 적지 않았으니 근대의 틱 증상도 외상후스트레스장애 정도로 치부해 버린 거였다.

"골통이 깨져 다 죽었는데, 찾아서 뭐합니까?"

덜덜 떨리는 손으로 자물쇠에 열쇠를 꽂는 근대에게 운전자가 무심히 말했다.

그의 말에 근대가 손을 멈추고 철창으로 얼굴을 가까이 가져다 댔다. 안에는 여남은 명의 좀비가 이리저리 너부러져 있었는데, 대부분 두개골이 함몰되거나 안면 손상으로 처참한 몰골이었다.

"아까, 부…… 분명히 살아 있는 애를 봤는데요. 크흐흐흡."

손에서 힘이 빠져 열쇠를 놓친 근대가 거친 숨을 몰아쉬었다. 밖에선 탕, 탕, 두 발의 총성이 울렸다.

"꼬맹이 말이죠? 애 아빠가 본인이 감염자라고 신고했대요. 가 보니까 아빠는 벌써 좀비가 돼서 날뛰고 꼬맹이는 장롱에 숨어 있었나 봐요. 애 앞에서 차마 못할 짓이지만, 우리라고 용빼는 재주 있습니까. 아빠가 원체 거구에 기운이 좋아서 소음기 꽂고 아주 벌집을 만들었답디다. 저 안 젤 구석탱이에 퍼진 아저씨가 애 아빠예요. 나오려고 보니까 저 꼬맹이가 눈을 동그랗게 뜨고 패악을 떨더랍니다. 나중에 대가리들 바뀌고 나서 쟤가 이상한 증언이라도 하면 옷 벗는 사람이 한둘도 아닌데, 난감했을 거예요. 이마 만져 보니 따끈한 것도 같고 아닌 것도 같았다는데 핑계 김에 실었대요."

근대가 눈을 부릅뜨고 애 아빠로 지목된 사람 근처를 더듬었다. 불룩하게 솟아오른 사내 옆에 소년이 반듯하게 누워 있었다. 미간 사이에 난 총알구멍만 아니라면 일요일 낮, 〈출발 비디오여행〉을 보다 아빠의 팔을 베고 잠이 든 아이 같았다.

"정 형사님, 나오세요! 근대 형! 빨리요"하고, 지저벨의 다급한 목소리가 들렸다. 그러나 근대는 시선은 여전히 소년 근처를 맴돌고 있었다.

"ㅋㅎㅎㅇㅇ흡…… 그럼 총알 자국은 왜……."

"안락사죠. 가 봐야, 더 고통스럽기만 할 테니까요. 알 만한 사람이 그런 건 왜 캐묻습니까? 확인 다 했으면 내려요. 저기들 오네."

사이드미러에 형사 둘이 그물 하나씩을 끌고 걸어왔다. 그들의 발뒤꿈치를 긴 핏자국이 따랐다.

"정 형사님, 나오라구요."

누군가 근대의 혁대를 움켜쥐었다. 숨을 헐떡거리는 지저벨이었다. 그의 입술이 간단없이 떨렸다. 지저벨이 근대를 버스에서 끌어내렸다.

"뛰어요."

지저벨이 근대의 셔츠 앞자락을 잡고 뛰었다.

"지저벨, 나오지 말랬잖아! 왜 제멋대로야?"

몸이 불긴 했지만 육상선수 출신의 근대가 앞서 달리는 지저벨과 속도를 맞췄다.

"웃는남자님, 저 잠깐 욕 좀 할게요. 야! 이 씨발놈의 형님아. 그게 돼? 그게 되면 사람새끼냐? 좀비들이 몰려오는 게 뻔히 보이는데 어떻게 쌩까. 코페는 같이 가야 할 거 아냐!"

열심히 달리던 지저벨의 입술이 파르스름해졌다. 그러고는 서서히 속도를 늦추더니 이내 쌔액쌔액 숨소리를 내며 무릎을 꺾었다. 그의 말따나 차에서 얼마 떨어지지 않은 골목에서 좀비 수십 마리가 어깨를 부딪히며 걸어 나오고 있었다. 모두 이십 대 초중반이었다. 젊은 탓인지, 감염된 지 얼마 안 된 탓인지 좀비들의 속도는 최 집사나 주찬 할아버지와는 사뭇 달랐다. 근데가 지난밤 그들로부터 살아남을 수 있었던 건 달리기 실력 덕분이었다.

"지저벨 경, 자네 왜 그래?"

지저벨의 얼굴이 황토빛으로 변해 갔다.

"저…… 심방세동 있어요."

주변 사람들에겐 경찰시험 준비생이라고 말했지만, 지저벨은 심방세동이라는 병을 앓는 백수였다. 이미 한 차례 수술을 했지만 재작년 재발했고, 언제든 부정맥으로 사망할 수 있는 위험을 안고 살았다. 그 와중에 등 뒤에선 비명과 함께 세 발의 총성이 들렸다. 근데가 지저벨의 팔을 끌어다 어깨동무를 하고 뒤를 돌아보았다.

그물을 끌고 걸어오던 순경 중 한 명이 좀비의 습격을 받고 있었다. 험하게 사용한 탓에 너덜너덜 헤진 그물 틈을 벌리고 설죽은 체크남방이 몸을 빼낸 거였다. 체크남방이 양팔로 순경을 끌어안고 귓불을 뜯었다. 순경의 푸르스름한 셔츠 어깨 위로 검붉은 피가 튀었다. 총을 쏜 사람은 공격을 당한 순경이 아니었다. 그의 곁에서 여자 좀비의 시체를 끌던 순경이 작은 눈을 홉뜬 채 다시 방아쇠를 당기었다. 총알은 체크남방이 아닌 귓불을 물어뜯긴 순경의 머리를 관통했다. 그걸 고스란히 지켜본 버스 운전자가 후진을 해 살아남은 순경에게 다가가 문을 열었다. 순경이 여자 좀비의 시체를 버려둔 채 네 발로 기어 버스에 탔다.

멍하니 그 광경을 지켜보던 근대의 귀에 경적 소리가 들렸다. 차에 남아 있던 타라였다. 그녀가 버스 운전자처럼 후진으로 마중 나오지 못했던 건 차 보닛과 트렁크에 올라탄 좀비 탓이었다. 좀비를 많이 겪은 경찰과 달리 타라에게는 아직 그들이 사람이었다.

근대는 고민했다. 살려면 비교적 거리가 가깝고 체크남방 외엔 활동성 좀비가 없는 버스 쪽으로 뛰는 게 옳지만, 저대로 타라를 모른 척할 수만도 없었다. 쌔액쌔액 바람 빠지는 소리를 내며 숨을 몰아쉬는 지저벨이 다시 걸음을 떼기 시작했다. 버스가 근대와 지저벨을 지나쳐 타라의 차 쪽으로 다가갔다. 타라의 뒤에서 멈춘 버스가 비상등을 켜더니 앞문을 열었다.

"탕!"

매정한 총성과 함께 열린 문에서 조금 전 간신히 목숨을 건졌던 순경이 인도로 고꾸라졌다. 그의 허벅지가 진득한 핏물로 젖어 들었다.

"이 순경, 미안하다. 물린 게 아니라 살짝 스치기만 했다는 니 말 나도 믿고 싶어. 근데 인마, 만에 하나 아니면 그땐 어쩔 거야. 너라도 아마 이랬을 거다."

운전자의 말이 끝나기 무섭게 버스가 출발했다. 허벅지에 총상을 입은 순경이 고함을 지르며 몸을 뒤챘다. 차에 덤벼들었던 좀비들이 슬금슬금 그에게 몰려들기 시작했다. 타라가 재빨리 차를 빼 후진했다. 범퍼에 매달려 있던 하의실종 패션의 좀비 하나가 균형을 잃고 떨어져 나와 후진하는 차바퀴에 목이 깔렸다. 컬러렌즈에 워터프루프 아이라이너로 꼼꼼히 그린 검은 눈에서 핏물이 울컥 흘러나왔다. 비명을 삼키는 타라의 목울대가 크게 한 번 꿀렁거렸다. 그러나 그녀는 침착을 잃지 않았다. 바퀴는 하의실종의 가느다란 목과 팔뚝을 넘었다. 짧은 굉음과 함께 검은 연기가 피어올랐다. 순경의 푸짐한 살점으로 입을 축인 좀비들이 눈을 희번덕거리며 방향을 틀었다. 그들 중에는 경비원 복장의 나이 지긋한 좀비도 몇 섞여 있었다.

"빨리 타세요."

잠금장치를 푼 타라가 푹 잠긴 목소리로 말했다.

근대가 뒷문을 여느라 어깨동무를 풀자, 지저벨이 몸을 흐느적거리며 엉덩방아를 찧었다. 하의실종 목에서 흘러나온 피에 지저벨의 진청색 유니폼 바지가 흠뻑 젖었다. 근대가 멱살을 쥐듯 지저벨을 일으켜 뒷좌석에 밀어 넣고 자신도 몸을 던졌다. 타라가 액셀러레이터를 밟았다. 앞을 가로막고 있던 좀비 대여섯 명이 볼링 핀처럼 나동그라졌다.

지저벨의 바지에서 묻어난 핏물이 진회색 카시트에 검붉은 얼룩을 만들었다. 타라가 대시보드에서 물티슈를 꺼내 뒤로 던졌다.

"지저벨 경, 괜찮아?"

근대가 물티슈를 뽑아 한 움큼 지저벨에게 던지고 몇 장을 더 뽑아 자신의 손과 얼굴을 닦았다.

"아무도 코페에 오지 않을 거예요. 우리도 곧 죽겠죠."

지저벨이 넋 빠진 얼굴로 주절거렸다.

"두 사람에게 미안해. 인정할게, 내 판단이 틀렸어. 하지만 셋 다 무사히 코페에 갈 수 있어. 우리 팀 부스를 비워둘 수 없잖아. 코스어들과 사진도 찍어야 하고, 일러스트북이랑 스티커도 사야 해. 뭣보다 우리가 만든 애니를 상영해야지. 그때까진 아무도 죽을 수 없어. 알겠나?"

직장을 그만둔 후, 근대는 방에 틀어박혀 애니메이션을 만들었다. 퇴직금으로 고사양의 컴퓨터와 작화프로그램을 사고, 막연하게만 알고 있었던 편집 프로그램을 독학했다. 시작은 혼자였지만, 타라와 지저벨이 합류하면서 작업은 속도를 내기 시작했다. 근대는 1년 반 만에 탄생한 그들의 첫 작품을 코페 운영팀에 보냈다. 그리고 지난달 말, 운영팀에서 정식 시연회를 제안하며, 도쿄 국제애니메페어 참여 의사를 타진했다.

엔딩크레딧을 편집하면서 근대는 대학신입생환영회 날 이후 처음으로 맥주를 한 캔 마셨다. 스토리 웃는남자, 작화 웃는남자, 채색 타라, 음악 지저벨, 성우 타라와 웃는남자. 그의 배낭 속엔 27분 15초짜리 단편 애니메이션 〈여신의 하루〉를 담은 외장하드가 들어 있었다.

"상명동까진 거의 다 온 거 같은데, 진입하려면 골치 좀 아프겠는데요."

타라가 속도를 줄이며 갓길로 차를 옮겼다. 진입을 가로막는 건, 좀비가 아닌 시민들이었다. 사오십 명 정도의 시민들이 바리케이드 앞에 모여 경찰과 대치 중이었다. 그들 중에는 근대의 연립 3층에 사는 신혼부부도 끼어 있었다.

"퇴로가 없다니까 그러네. 겨우 좀비 피해서 여기까지 왔는데, 왜 못 나가게 하냐고요? 깡그리 다 죽으란 얘깁니까? 영화에서 보면 탱크랑 헬기 동원해서 시민들 구하잖아요. 당신들도 좀 그래 보란 말이야!"

앞섶에 붉은 얼룩이 진 남자가 목에 핏대를 세웠다. 경찰 십여 명이 조르르 붙어 서서 인간벽으로 시민들을 막아섰다. 그들 중 한 명이 캠코더를 꺼내 채증을 했다.

"잠시만 기다리시면 130센터에서 검사키트를 가지고 올 겁니다. 다들 힘드시겠지만 안전을 위해 조금만 기다려 주십시오."

4.5톤 트럭을 개조해 만든 차벽차에서 중년의 경찰 한 명이 내리더니 시민들을 조곤조곤 설득했다.

사람 좋은 목소리였지만 표정은 싸늘했다. 근대가 미간을 찌푸리며 사내를 뜯어보았다. 반백에 붉은 얼굴. 아침에 도넛 가게에서 만난 신선 용모의 경찰이었다.

"우리끼리 자체적으로 검사했어요. 열나는 사람 없고, 몸에 상처

입은 사람 한 명도 없다니까 그럽니까. 솔직히 우린 당신들 말 못 믿어요. 130센터에 신고한 사람들 개처럼 끌려가는 거 내 두 눈으로 똑똑히 봤어. 병 고쳐서 살게 만들 생각이라곤 손톱만큼도 없어 보였어. 어디다 갖다 묻든지 태워 버리는 게 분명한데, 우리더러 입 닥치고 염쟁이 기다리라는 거야?"

근대네 연립 3층에 아기엄마가 고함을 질렀다. 그녀는 아기띠를 메고 있었지만, 어쩐 일인지 아기는 없었다. 산발한 머리에 부르튼 입술의 아기엄마가 끝내 울음을 터트렸다.

근대는 아기엄마가 말하는 개처럼 끌려간 사람이 숙영이나 여동생들이 아니길 바랐지만 확신할 수는 없었다. 우야우야 하는 사이 등산용 배낭을 멘 노부부가 손을 잡고 바리케이드를 넘으려 했다. 경찰 중 한 명이 테이저건을 꺼내 노부부를 겨누었다. 노부인의 베이지색 등산바지 가랑이가 진한 갈색으로 젖어 들었다.

"타라, 무전기 좀 켜 볼 수 있을까."

근대의 부탁에 타라가 콘솔을 열고 무전기를 켰다. 아침과 달리 채널이 꽤 여러 개 잡혔지만, 모두 코 먹은 소리로 자신의 주소와 이름을 말하며 살려 달라는 절규들이었다.

"아, 아…… 150미터 뒤에 열두 마리 이동 중. 열감지 결과 생존자 없음."

차벽차 위에 열감지 카메라를 든 경찰 한 명이 목을 길게 빼고 서 있었다. 타라가 볼륨을 올렸다. 신선이 허리춤에서 무전기를 뽑아

차벽차 쪽으로 몸을 돌렸다.

"선조치 후보고 해도 좋다는 명령이 있었다."

신선이 입술을 달싹거렸다.

"알았다, 직원들 해산시키고 뒤로 물러나."

무선이 끝나자 열감지 카메라를 든 경찰이 사다리를 타고 내려왔다. 잠시 후, 통신 내용대로 근대의 눈에도 좀비들이 보이기 시작했다. 바닥에 주저앉아 꺼이꺼이 울던 아기엄마가 비명을 지르며 바닥을 기었다. 흰색 칠부 레깅스가 무릎 위로 말려 올라갔다. 인간벽을 만들었던 경찰들이 서서히 대열을 흩트렸다. 사람들이 겅둥겅둥 뛰어 바리케이드를 넘으려 하자, 경찰들이 차벽차 옆구리에서 긴 호스를 꺼내 그들을 향해 겨누었다. 곧이어 최루액이 발사되었다. 최루액을 정통으로 맞은 젊은 사내가 구토를 하며 바닥에 무릎을 꿇었다. 인간벽을 만들었던 경찰들이 그물을 들고 다시 시민들을 향해 접근했다. 뒤로 돌아서면 좀비가 있고 앞으로 나아가자니 경찰이 버티고 선 사면초가의 상황이었다. 시민들은 동그랗게 모여 서로의 어깨를 끌어안고 몸을 떨었다.

"설마, 모두 죽이려는 건 아니겠죠?"

타라가 룸미러로 근대와 눈을 맞추며 물었다.

"타라, 차 돌려서 서울로 올라가자. 아무래도 가족을 찾긴 어려울 거 같아. 더 이상의 희생을 보고 싶지 않아."

근대는 이미 섣부른 의협심으로 지저벨과 타라를 위험에 빠뜨린

적이 있었다. 그는 숙영과 여동생들이 집 안에 숨어 무사히 생존해 있을 거라며 자신을 설득했다.

"씨이발, 좆같은 새끼들."

뜻밖에 욕설을 내뱉은 건 근대도 지저벨도 아닌 타라였다.

타라가 어금니를 깊이 깨물더니 주먹을 움켜쥐어 경적을 길게 눌렀다. 경찰들의 시선이 근대 일행의 차로 옮겨졌다. 다시 한 번 긴 경적이 울렸다.

"저 새끼들 뭐야?"

경찰 쪽에서 날선 목소리가 들렸다. 신선이 이마에 손갓을 쓰고 근대 일행을 바라보았다. 타라가 기어를 바꾸고 액셀러레이터를 깊숙이 밟았다. 차가 앞뒤로 요동치며 달려 나가 바리케이드를 부수고 시민들 옆에 스키드마크를 찍으며 멈춰 섰다. 근대도 지저벨도 전혀 예측하지 못한 상황이었다. 땀에 흠뻑 젖은 타라가 뜨거운 콧김을 뿜었다.

"당신들 뭐야? 관등성명 대 봐."

경찰 한 명이 사납게 인상을 구기며 차로 다가왔다.

최루액을 뒤집어 쓴 사람들이 서로의 손을 잡고 근대 일행의 차 뒤로 몸을 숨겼다.

"타라, 어쩌려고 그래?"

지저벨이 불안한 표정으로 눈동자를 굴리며 물었다.

"몰라. 그런 거 생각 안 했어."

조금 쉰 목소리로 타라가 대답했다.

"돌진하자, 타라. 저 앞에 좀비들을 깔아뭉개고 가는 거야. 이 동네 개미굴처럼 골목이 많아. 사람들이 잘 흩어지기만 하면 쉽게 잡히 지는 않을 거야."

근대가 타라를 코치했다.

지저벨이 자신의 머리를 쥐어뜯으며 무릎에 고개를 묻었다.

"네, 갑니다. 갈 거예요. 갈 수 있어요."

타라가 근대에게 동의를 구하듯 크게 한 번 고개를 끄덕이고 다시 액셀러레이터를 밟았다. 시민들이 어, 어, 어, 소리를 지르며 뒤로 물 러났다. 일행의 차가 한 무리의 좀비들을 들이받았다. 신경 다발이 얽힌 채 안구를 덜렁거리며 다가오던 청년 좀비가 범퍼에 부딪혀 나자빠졌다. 머리가죽이 완전히 벗겨져 두개골이 드러난 소녀 좀비 가 바퀴 밑으로 깔렸다. 늦은 밤, 근대가 바나나 우유를 사러 종종 들르던 편의점 알바생이 앞니를 옹등그리며 따라붙다 사이드미러 를 치고 넘어갔다. 고등학교 시절 근대의 첫사랑이었던 사거리 미 용실 누나가 흘러나온 자신의 창자를 밟고 고꾸라졌다. 근대는 좀 비들 틈에 숙영과 여동생이 섞여 있는 건 아닌가 싶어 눈에 힘을 주 었지만, 찾지 못했다.

공포탄이 터지는 소리와 함께 한쪽만 남은 사이드미러로 시민들 이 흩어지는 모습이 보였다. 서서히 멀어져 가는 경찰들 사이에서 팔짱을 끼고 희미한 미소를 짓는 신선이 보였다. 그가 차벽차 옆에 세워 두었던 경찰차에 올라탔다. 타라가 땀과 눈물로 엉망이 된 눈가를 훔치며 곡예하듯 비좁은 골목을 파고들었다.

★

한나절 반 만에 초과와 윤재의 오토바이가 멈춰 선 곳은 시 경계 끝자락에 위치한 윤슬공원이었다. 18만 평 대지에 인공호수와 산책로, 공연장과 미술관, 도서관, 자연체험학습장 등으로 꾸며진 공원은 두 사람 모두에게 익숙한 공간이었다. 한겨울을 제외하곤 일주일에 한 번 공원에서 만나 아이스크림이나 도시락을 까먹으며 도서관에서 빌린 책을 읽곤 했다.

"배고파. 도시락 좀 먹고 가죠. 여기라면 좀비가 나와도 도망칠 덴 많을 거 아녜요."

윤재가 주차장에 오토바이를 세우고 헬멧을 벗었다.

"오토바이 그냥 세워 놔도 돼? 자물쇠라도 채워야 하잖아."

초과가 윤재의 라이딩 재킷을 붙잡았다.

"뭐야, 여태 텍트 태워 주는 남자만 만나 봤어요? 락 걸렸으니까 염려 말고 따라오기나 해요. 내 배낭엔 치즈하고 건포도빵이랑 사과 있구요. 생수도 있긴 한데, 일단 공원 식수 마시죠. 언제 아쉬울지 모르니까."

윤재가 트렁크 안에서 백팩을 꺼내 등에 짊어졌다. 그러고는 헬멧에 눌려 찰싹 달라붙은 초과의 앞머리를 장난스럽게 쓰다듬었다.

"역시 짝퉁이 아니었네. 솔직히 말해 봐. 너네 아버지 재벌이지? 쬐끄만 서점이 아니라 교보나 알라딘 같은 대형 서점 사장."

초과가 윤재의 손을 쳐내고 의심 가득한 눈초리로 물었다.

"사실은 서점이 아니라 조그만 만화방을 했었어요. 아버지는 뇌성마비 장애인이라 손님들 치다꺼리는 제가 다 했구요. 그래서 지금도 라면 끓이는 솜씨 하난 끝장나요."

두 사람의 예상대로 공원 입구는 잠겨 있었다. 하지만 경비초소도 비어 있는 데다 담장이 낮아 안으로 들어가긴 수월했다. 훌쩍 담장 위로 뛰어오른 윤재가 초과에게 손을 뻗어 번쩍 끌어당겼다. 총성이 난무하는 거리와 절간처럼 고요한 공원 사이의 경계에 서서 둘은 그들이 지나온 길을 아득한 눈길로 돌아보았다.

"럭셔리 오토바이를 끄는 만화방 집 아들, 뭔가 그림이 잘 안 그려지는데."

초과가 공원 안쪽으로 뛰어내렸다. 물오른 잔디가 폭신하게 운동화를 감쌌다.

"만화방을 하다 보면 꼭 자기가 좋아하는 페이지를 찢어서 반납하는 무개념들이 있어요. 인기 있는 만화책은 한 권 수명이 6개월도 안 되는 게 허다했죠. 그러다 가끔씩 창고 대방출을 하면 좋다고 사 가는 사람들이 생겼어요. 그림도 이어지지 않고, 스토리도 엉망이 돼 버린 책을 좋다고 사 가는 사람들이 누군 줄 알아요?"

윤재가 공원 안으로 뛰어내리며 물었다.

"누군데?"

"좋아하는 페이지를 찢어 간 무개념들. 좋아서 찢어 가긴 했을 텐데, 그것만 봐서 무슨 재미겠어요? 그럼 한 번 더 빌려 가서 찢고, 또 빌려 가서 찢고. 그러다 헐값 돼서 나오면 신나서 사 가는 거예요. 대여료까지 포함하면 실은 책값 다 주고 사 가는 거면서 땡잡았다고 좋아하는 거죠."

재미있다는 듯, 윤재가 킥킥 웃었다.

"계속 딴소리만 하네."

"나도 그런 무개념 중 하나였어요. 충동적으로 판단하고, 내 멋대로 저지르는 철딱서니. 덕분에 아버지는 지긋지긋한 만화방도 접게 됐고, 난 럭셔리 오토바이 타며 놀고먹어도 끼니 걱정은 안 하게 됐지만 지금은 후회해요. 곰곰이 따져 볼수록, 내가 손해더라고요. 나중에 얘기해요. 나 배고프다니까."

윤재가 알쏭달쏭한 말을 남기고 초과의 손목을 잡아끌었다.

둘은 앞서거니 뒤서거니 분수대 앞의 정자로 향했다. 유아용 젤리

슈즈 한 짝이 산책로에 떨어져 있었다. 어디선가 아이 소리가 난 것만 같았다. 초과가 젤리슈즈를 주워 들고 주위를 두리번거렸다.

"방금 어린애 칭얼거리는 소리 못 들었어?"

초과가 까치발을 세우고 목을 길게 뺐다.

"고양이 아녜요? 발정 나서 우는."

윤재도 손바닥을 펼쳐 귓바퀴에 붙였다. 사스락, 바람결에 나뭇잎 부딪히는 소리, 고오호 호이호이 경쾌한 휘파람새 소리, 스프링쿨러 소음뿐이었다.

"잘못 들었나?"

초과가 머쓱하게 웃으며 다시 걸음을 뗐다. 그때 짧지만 선명한 아기 울음소리가 두 사람의 발목을 잡았다.

"이봐요, 혹시 먹을 거 있어요?"

정자 아래에서 저음의 남자 목소리가 들렸다. 윤재가 재빨리 초과의 어깨를 짓누르며 몸을 낮췄다. 정자와 두 사람의 거리는 불과 사오 미터 남짓했다.

"누구세요?"

쪼그려 앉은 윤재가 정자를 향해 물었다.

"피난민이죠, 뭐. 괜찮으면 이리로 오실래요? 생각보단 꽤 지낼 만해요."

남자가 손전등을 켰다. 컴컴한 정자 밑이 오렌지 빛으로 밝아졌다. 흔한 회사원풍의 삼십 대 남자가 갓 돌이 지났을까 싶은 여자아이를 끌어안은 채 엎드려 있었다. 윤재가 경계의 눈빛을 풀지 않고 남자 쪽으로 다가갔다.

"왜 그 아래 숨어 있어요? 좀비 땜에 그래요?"

남자는 초과 정도로 체구가 작았다.

"보초 서는 거예요. 도서관 안에 피난민들이 있어요. 아파트 단지에서 성한 사람들만 모아서 이리로 데려왔죠."

남자가 몸을 일으키고는 차량용 섬광조명탄을 흔들어 보였다. 땅이 오목하게 파인 정자 밑은 성인이 허리를 곧추세우고 앉아도 될 만한 공간이 있었다.

"실례지만, 먹을 거 있으면 좀 나눠 주시겠어요. 어제부터 굶었거든요."

남자가 윤재의 두툼한 배낭을 부럽다는 눈초리로 넘겨다보았다.

"선배, 어떡할래요?"

윤재의 질문에 초과가 고개를 끄덕였다.

딱히 위험해 보이지도 않고, 초과와 윤재보다 먼저 이곳에 자리를 잡았으니 새로운 정보를 얻을 수도 있을 터였다. 얇은 돗자리에 카키색 모포를 덧깔아 제법 아늑하게 꾸민 공간으로 윤재가 기어들었다. 그러고는 초과에게 손을 내밀어 부드럽게 끌어당겼다. 알싸한 흙냄새와 풀냄새, 남자에게서 풍기는 꿉꿉한 땀내가 뒤섞이며 기묘한 악취를 만들어 냈다.

"소순동이라고 합니다."

남자가 윤재에게 악수를 청했다.

"저는 성윤잽니다."

윤재가 순동의 손을 가볍게 쥐고 흔들었다.

"안녕하세요, 저는 소뽀얀입니다."

순동이 품에 안긴 아기의 손을 흔들며 복화술하듯 속삭였다.

"안녕, 난 정초과라고 해."

초과는 애써 웃으며 인사하려고 했지만, 아기의 개개풀린 눈이며 얇은 피부 아래 거뭇하게 죽은 모세혈관, 얼굴의 대부분을 가린 마스크가 영 찜찜했다.

"우리 뽀얀이 감염자 맞아요. 식겁하셨죠? 이라곤 딸랑 앞니 네 개밖에 없는데, 그래도 혹시 모르니까 천 테이프로 틀어막고 마스크까지 씌웠어요. 가끔 발작 증세가 있는 거 빼곤 별로 달라진 것도 없어요. 원래 엄청 까탈스럽거든요. 그렇지, 소뽀얀? 아야야 해서 좋아하는 두유도 못 먹고, 이유식도 못 먹고. 어이구, 딱해라."

순동이 활짝 웃으며 뽀얀이의 겨드랑이 사이에 손을 넣고 번쩍 들어 올렸다 끌어안았다.

"뭐라고 위로해야 할지……."

윤재가 쓴침을 삼키며 배낭을 열었다.

"위로는요, 뭐. 곧 나을 텐데요."

순동이 어깨를 추어올리며 윤재의 배낭 속을 들여다보았다. 윤재가 물티슈와 포션치즈, 크래커, 얇게 저민 건포도빵을 꺼내 놓았다.

순동이 치즈 상자를 열어 허겁지겁 포장지를 벗겼다.

"곧…… 낫는다뇨?"

초과가 물티슈를 뽑아 손을 닦으며 물었다.

"이게 다 짜고 치는 고스톱이래요. 실험실에서 만들어진 바이러스를 어떤 목적을 위해 인위적으로 뿌린 거죠. 당연히 백신도 준비돼 있고요. 일명 질병주식회사가 꾸민 짓이죠."

순동이 손가락을 쩝, 소리 나게 빨고는 건포도빵을 집었다. 품에 안겨 있던 뽀얀이가 허리를 뒤틀며 팔다리를 버둥거렸다. 함지박처럼 부푼 아기의 배가 얇은 티셔츠를 팽팽하게 들어 올렸다.

"대체 왜, 누가 그런 일을 꾸민 건데요?"

순동이 열심히 빵을 씹느라 초과의 대답에 얼른 대답하지 못했다.

"처음엔 저도 음모론이라고 생각했어요. 신종플루 때도 그런 루머가 있긴 했으니까. 그런데 이번엔 정말 확실해요. 저 데이트레이더거든요. 매일 주식 동향 분석해서 사고파는 일개미요. 믿는 사람도 있고 코웃음 치는 사람도 있지만 증권가 찌라시라는 게 아주 없는 말을 지어내진 않거든요. 근데 지난 주 홍콩발 찌라시에 곧 동아시아에 치명적인 바이러스가 창궐할 거고, 감염자가 천만 명에 도달할 때쯤 치료약이 풀릴 거라고 했어요. 테마주로 미국 에버라이프사와 스웨덴 마르고, 우리나라 조이캡이 떠올랐죠. 에버라이프는 분사식 주사기 생산 업체고, 마르고는 듣보잡 제약회사, 아시다시피 조이캡은 사설 경비업체고요. 뭔가 그럴싸하지 않나요?"

순동이 사과를 크게 한입 베어 물며 입술을 비틀어 웃었다.

"듣보잡 제약회사가 알고 보니 질병주식회사였고, 백신 판매를 위해 바이러스를 만들어 냈다는 거네요. 주사기 생산업체와 경비업체도 어부지리로 파이를 나눠 먹고요."

초과는 순동의 주장을 곧이곧대로 믿지는 않았지만 흥미를 느꼈다.

"그렇죠. 거기다 조이캡 회장이 종말론으로 유명한 사이비교 교주잖아요. 그 종교 남자 신도들은 군복무하듯이 3년간 조이캡에서 봉사를 해야 구원을 받을 수 있다면서요. 지금 좀비 사냥 다니는 사람들 중에 태반이 조이캡 직원들이래요. 떡하니 경찰복까지 입고 다닌대요. 국가에서 위탁을 받은 거죠. 마치 이런 일이 터질 걸 미리 알고 있었던 것처럼 착착 손발이 맞고 있어요. 며칠 안에 백신이 나올 거래요. 샘플은 이미 유출됐고요. 애들은 회복력이 빠르니까 우리 뽀얀이도 제대로 돌아올 거예요."

순동이 반쯤 베어 먹은 사과를 내려놓고 뽀얀이의 이마를 손바닥으로 쓸었다. 윤기를 잃고 퍼석해진 아이의 피부는 구겨진 위생비닐 같았다.

"선배, 도서관 쪽으로 가 보죠. 이동하려면 좀 자 두는 게 좋지 않겠어요?"

내내 말이 없던 윤재가 바닥을 짚고 무릎걸음으로 기어 나갔다.

아무리 한적한 길이라도, 라이트를 켜고 달리다 보면 사람들의 눈에 띄기 마련일 터였다. 잘 곳이 필요했다.

"잠깐 쉬었다 이동하실 거면 여기 계세요. 도서관에선 더 이상 외부인을 받지 않기로 했거든요. 관능만으로 감염자를 완벽하게 가려낼 순 없고 식량도 넉넉하지 않으니까요."

순동이 윤재를 향해 돌아오라고 손을 휘저었다.

"이봐요, 소순동 씨, 나는 그쪽을 믿지 않아요."

윤재가 순동을 쏘아보며 차갑게 뇌까렸다.

"제가 뭘 어쨌다고. 우리 뽀얀이 때문에 그러세요?"

순동의 얼굴에서 사람 좋은 웃음이 걷혔다.

"아뇨. 순전히 당신을 믿지 못하는 겁니다. 이유는 잘 아시겠죠. 그리고 백신이 나온다 해도 그 아이는 살릴 수 없어요. 장기는 이미 부패했고 근육도 괴사했죠. 입까지 틀어막아 놨으니 아마 모레나 글피쯤엔 배 속에 찬 가스가 폭발해 버릴 겁니다."

윤재가 초과에게 손을 뻗었다.

"성윤재, 너 무슨 말을 그렇게 싸가지 없이 해?"

초과가 윤재의 손을 쳐 내고 쏘아붙였다.

그의 말이 지나친 과장이 아니라는 건 그녀도 알고 있었다. 하지만 초과는 때로 거짓말보다 해로운 진실이 있다고 생각했다. 생사를 알 수 없는 딸을 찾아 길 위에 선 그녀에게 윤재의 냉정한 일갈은 비수였다. 만약 제시카에게 무슨 일이 생겼다면 유이는 미아나 다름없는 상황일 터였다. 초과는 절박한 마음을 나누지 못하는 윤재가 야속하게 느껴졌다.

"나와."

윤재가 입을 굳게 다물고 초과의 손목을 강하게 틀어잡았다. 그녀가 손목을 비틀어 빠져나오려고 해 봤지만 완력 앞에선 속수무책이었다. 운동화 뒤축을 구겨 신은 채 몇 걸음 끌려가던 초과가 공원 서편 도서관 쪽을 바라보며 숨을 멈추었다. 푸르스름한 저녁 빛을 뚫고 수십 명의 비틀거리는 사람들이 걸어오고 있었다. 너덜거리는 살점 사이로 마른 덩굴처럼 오그라든 핏줄과 상앗빛 뼈를 드러낸 사람들은 하나같이 빛나는 붉은 눈을 가졌다. 아직 뺨에 핏기가 남은 사람들은 제법 빠른 속도로 뛰기 시작했다. 윤재가 검지로 도서관 2층을 가리켰다. 열두 개의 창문 중 세 개가 깨져 있었다. 아직 창문에 매달려 버둥거리는 좀비도 서넛 보였다.

"안에 식량이 부족하다는 건 아직 먹을 게 남아 있다는 얘긴데 이틀이나 굶었다는 게, 이상하지 않아요? 저 사람들, 부상이 심하지만 아직 부패하지 않았어요. 최초 감염자는 누굴 거 같아요? 저 작자가 안고 있는 아기라고요."

윤재가 걸음을 서둘렀지만, 잔디밭에 뿌리를 내린 듯 초과의 발이 움직이지 않았다. 무리 중 선두에 선 민소매 티셔츠의 청년이 속도를 냈다. 청년은 어린애처럼 구슬픈 목소리로 "엄마, 엄마" 하며 자신의 엄마를 불렀다. 정신을 가다듬은 초과가 간신히 한 발을 떼어놓는 순간 등 뒤에서 번쩍하는 빛과 함께 팡, 하는 소리가 들렸다.

조명탄이었다. 하얀 섬광이 어둑한 공원을 밝히자, 달려오던 좀비들
도 주춤 걸음을 멈추었다.

"밖에, 특별 기동대가 대기해 있어요. 감염자 백 명만 모아 오면 우
리 뽀얀이한테 샘플 백신을 준댔어요. 아직 몇 명 모자라지만 그래
도, 노력이 가상하잖아요? 우리 정서가 그렇지 않겠어요?"

조명탄을 든 순동의 얼굴이 눈물로 번들거렸다. 가슴에 안긴 뽀얀
이가 성난 고양이처럼 몸을 뒤틀었다. 윤재가 초과의 어깨를 감싸 안
고 넘어온 담장을 향해 냅다 뛰었다. 이윽고 건장한 사내 수십 명이
담장을 뛰어 넘었다. 거리에서 좀비소탕작전을 벌이는 경찰과 달리
사내들은 방탄조끼에 헬멧을 쓰고 자동소총으로 중무장한 모습이
었다. 사내 중 한 명이 순동을 향해 걸어왔다.

"백신은 가져오셨나요? 약속한 것보다 약간 모자라지만 얼마든지
더 모아 올 수 있어요. 내일 아침까지 서른 명 약속할게요. 쉰 명도
가능할지 몰라요."

순동이 더듬거리며 뽀얀이를 힘껏 끌어안았다. 아이가 쓴 마스크
가 검붉은 체액으로 물들어 갔다. 사내는 대답 없이 부녀를 향해 총
구를 겨누었다.

"약속할게요. 백 명도 가능……."

순동이 보릿단처럼 옆으로 쓰러졌다. 이윽고 수십 개의 총구가 어
정어정 다가오는 좀비들을 향했다. 초과는 힘껏 눈을 감았지만, 총
구에서 쏟아져 나온 불빛이 눈꺼풀 속을 파고들었다. 칼끝만 닿아

도 우지끈 쩍, 벌어지는 잘 익은 수박처럼 총알이 요란스럽게 그들의 두개골을 파고들었다. 소탕작전은 불과 수십 초 만에 끝이 났다. 사내들 중 몇이 확인사살을 하는 동안, 남은 인원들은 서치라이트를 켜고 공원을 수색했다.

"어떡할까?"

실눈을 뜬 초과가 윤재를 올려다보며 목소리를 낮췄다.

그때 공원 중앙 대공연장에 조명이 켜지며 두 사람이 숨어 있던 담장 밑까지 환하게 비췄다. 윤재가 팔을 치켜들어 눈을 가렸다. 초과는 극심한 현기증을 일으키고 잔디밭에 무릎을 꺾었다. 흩어져 있던 수십 쌍의 시선이 둘에게 모아졌다. 사내들이 하나둘, 가늠자를 노려보며 방아쇠에 건 손가락에 힘을 실었다.

"성윤재, 나 이대로 죽을 순 없어."

피로와 공포심으로 탈진한 초과가 메마른 입술을 뗐다.

"그건 나도 마찬가지예요."

윤재가 다가오는 사내들을 향해 두 팔을 치켜들었다.

"감염자 두 명 발견했습니다."

사내들 중 한 명이 위성전화로 누군가에게 상황 보고를 하며 다가왔다. 전화를 끊은 사내가 고개를 한 번 주억거렸다. 순간 윤재의 눈동자가 빛났다.

"김혜원 박사에게 전해 줘요. 김준수를 만났다고."

문득 양팔을 내린 윤재가 그들에게 소리쳤다.

멀찌감치 총 없이 서 있던 사내 한 명이 안면보호구를 벗으며 놀란 얼굴로 윤재와 초과를 향해 다가왔다.

"김준수라고 했소?"

윤재가 초과의 겨드랑이에 손을 밀어 넣어 그녀를 일으켜 세웠다.

"너 왜 그런 이름을……?"

초과는 왜 윤재가 자신의 이름을 김준수라고 댔는지 짐작조차 할 수 없었다. 그러나 이름을 말한 순간 사내들의 총구가 땅을 향한 것을 보고는 더 캐묻지 않기로 마음먹었다.

"네, 김준숩니다."

"그게 사실이라면, 확인을 좀 합시다."

사내가 위성전화기를 꺼내 어딘가로 전화를 걸며 일행들에게 손짓을 하자, 대열이 흩어지며 일사분란하게 바디백을 꺼내 시체를 옮겼다. 카메라를 든 사내가 일일이 사진을 찍어 채증을 했다. 죽은 뽀얀이를 가슴에 품은 순동도 사진 촬영을 마치고 바디백에 얌전히 담겼다. 트럭이나 버스에 마구잡이로 시체를 욱여넣던 모습과는 사뭇 달랐다.

"방금 김준수라고 주장하는 사람을 만났습니다. 통화해 보겠습니까."

고개를 끄덕거리던 사내가 윤재에게 전화기를 넘겼다. 초과의 눈에 비친 윤재는 지금껏 보아 왔던 천진하고 짓궂은 청년이 아니었다.

"왜 이제 나타났어요?"

수화기 너머 혜원이 물었다.

"그렇게 됐다."

윤재가 머쓱해 하며 대답했다.

"나한테 연락할 수 있었잖아."

수화기 너머 혜원이 물었다.

"너 걱정할까 봐. 어디 아픈 덴 없니?"

윤재가 미묘하게 주눅 든 목소리로 대답했다.

"와요, 와서 얘기해. 지금 필요하니까."

혜원이 물기 머금은 목소리로 속삭였다.

"일행이 있어. 함께 가도 될까?"

윤재가 슬며시 고개를 돌려 초과를 외면했다.

"누군데?"

"친구. 서울에 찾아야 할 사람이 있거든. 도와주지 않으면 나도 안
갈 거야."

"새로운 애인인 모양이네. 나도 얼굴이나 한번 봅시다. 올라와요."

초과의 눈에 비친 윤재의 옆모습은 생전 처음 보는 사람처럼 낯설
었다. 그가 위성전화를 사내에게 넘기고 마른세수를 했다.

"성윤재, 저게 다 무슨 소리야?"

땀인지 눈물인지 모를 것이 윤재의 날렵한 턱 선을 타고 흘렀다.

"선배한테 말하지 못한 게 있어요."

"뭔데, 지금 말해 봐."

"한꺼번에 털어놓긴 너무 긴 얘기예요."

가슴이 턱 막힌 초과가 주먹으로 자신의 가슴을 통통 두들겼다.

"그럼 우린 앞으로 어떻게 되는 거야?"

"일단 나에 대해 알고 있어야 할 것만 요약할게요. 내 이름은 성윤재가 아니라 김준수예요. 58년생, 고향은 전주. 선천성 뇌성마비 장애가 있었고, 늙지도 죽지도 않는 진짜 좀비죠. 그리고 세상을 구원할 유일한 백신이기도 해요."

윤재가 랩하듯 속사포로 자신의 실체를 털어놓았다.

"뭐라고?"

듣고 있던 초과가 벌어진 입을 다물지 못했다.

"그래요. 만화방 주인은 아버지가 아니라 나였어요."

★

숙영은 화장대 서랍에서 해열진통제를 꺼냈다. 임신부에게 먹여도 무탈할지 알 수 없었지만, 어미가 살아야 새끼도 살릴 수 있다는 것만은 확신했다. 냉장고에서 차가운 보리차를 꺼내 전기포트에 넣고 미지근하게 데운 뒤 초희를 깨웠다.

"인나서 이거라도 좀 먹어."

초희가 힘겹게 눈꺼풀을 들어 올려 숙영을 바라보았다.

"엄마, 나 아파."

"알어. 그러니까 타이레놀 먹으라구."

숙영이 초희의 어깨 밑으로 손을 밀어 넣어 일으켰다. 잔꽃무늬 베갯잇이 초희의 넙죽한 두상 모양으로 젖어 있었다.

"약은 안 돼."

초희가 하얗게 마른 입술을 굳게 다물었다.

"인간은 태어나기 전부터 강한 거야. 나는 근대 임신했을 때 사리 돈도 수태 먹었어."

"진 서방이나 불러 줘. 병원 갈래."

초희는 끝내 약을 삼키지 않았다.

딸을 바라보는 숙영의 눈이 축축하게 젖어 들었다. 그녀 또한 관자놀이가 툭툭 뛸 만큼 골이 아프고 속이 메스꺼웠다. 페인플루 초기 증상일지도 모른다고 생각을 했지만, 설령 그렇다 해도 피할 방법이 없었다. 숙영은 해열진통제를 자신의 입에 털어 넣고 물을 삼켰다.

"전화 안 터져. 지금은 국으로 참는 수밖에 없어."

숙영이 무릎을 모아 끌어안으며 말했다.

"안 터질 리가 없지. 내 전화 좀 줘 봐."

숙영에게 손을 내미는 초희의 목소리가 여러 가닥으로 갈라졌다.

"그렇다면 그런 줄 알아. 애미가 너한테 그짓말하는 사람이야? 병원은 니 오빠 오면 가자."

"오빠 나갔어? 초과는, 초과도 집에 갔고?"

안구까지 뜨끈하게 열이 오른 초희가 오한으로 몸을 떨었다.

"초과는 딸 본다고 서울 갔어. 근대도 친구 만나러 나갔고. 언제 들이닥칠지 모르니까 옷 입고 기다리자. 너 카디건 줄까?"

숙영은 어디서부터 이야기를 꺼내야 할지 고민하다, 말을 얼버무리고 자리에서 일어섰다.

"나 빨리 병원 가 봐야 할 거 같아."

초희가 얇은 인견이불을 들춰냈다. 연회색 원피스 앞자락이 진회색으로 젖어 있었다.

"너, 왜 그래? 양수 터졌냐?"

장롱 문을 열던 숙영이 털썩 침대에 주저앉았다.

"아직 6주 넘게 남았는데, 설마 아니겠지?"

숙영이 초희의 치맛자락에 코를 가져다 댔다. 혹시나 소변을 지린 게 아닐까 의심했지만, 아무 냄새도 나지 않았다.

"너, 기침 좀 해 봐. 양수면 기침할 때 찔끔한단 말이야."

초희가 겁먹은 얼굴로 배를 끌어안고 쿨럭 기침을 했다. 금세 치맛자락이 아기손바닥만큼 더 젖었다. 숙영이 손바닥으로 자신의 뺨을 감싸고 눈을 끔뻑거렸다.

"배도 아파?"

한참 만에야 숙영이 간신히 입을 뗐다. 침대 헤드에 몸을 기댄 초희가 고개를 끄덕였다.

"뭉치듯이 아프냐, 똥 싸듯이 아프냐?"

숙영은 오래전 출산의 경험을 떠올렸다. 경산인 초희와 초과 자매 땐 비교적 수월했지만, 초산인 근대는 꼬박 사흘을 진통했다. 진통이 오기 전에 자궁이 단단하게 뭉쳤다 풀리기를 하루쯤 반복했고, 걸레를 빨다 양수가 터졌다. 첫 진통은 양수가 터진 직후 배탈처럼 찾아왔던 기억이 희미하게 되살아났다.

"몰라, 뭐가 뭔지 모르겠어. 그냥 싸르르 아파."

초희가 말끝을 흐리며 스르르 눈을 감았다.

점점 까부라져 가는 딸을 애타게 바라보던 숙영이 다시 자리에서
일어섰다. 그녀는 장롱 문을 열어 밤색 카디건을 침대로 던지고 자
신도 외출용 청바지에 티셔츠를 꺼내 입었다. 애를 셋이나 낳았으
니 딸 해산바라지 정도야 못할 리 없지만, 팔삭둥이라면 이야기가
달랐다. 게다가 산모는 페인플루 의심환자였다. 밖에선 외출을 삼가
라고 수도 없이 떠들어 대지만, 그건 멀쩡한 사람들한테나 해당되
는 얘기라고 생각했다.

"정초희, 눈 떠. 너 까부라지면 못 일어나. 얼른 나랑 병원 가자."

숙영은 집을 나서면 누구든 도와줄 사람을 만나지 않을까, 세상인
심을 믿어 보기로 했다. 그녀는 기지국을 찾지 못하는 휴대전화와
네 귀퉁이가 나달거리는 반지갑을 크로스백에 넣어 걸었다. 그러고
는 초희의 겨드랑이에 어깨를 밀어 넣어 무릎에 힘을 주었다. 임신
후 80킬로그램을 넘긴 거구를 들어 올리자니 관절이 욱신거리고 몸
이 휘청했다. 겨우 중심을 잡아 한 걸음을 내딛는데 부연 창문 유리
로 하얀 불빛이 어룽거렸다. 행여 근대인가 싶은 마음에 숙영이 어
깨에 올렸던 딸을 내려놓고 창문을 조금 열었다. 플래시를 든 사내
셋이 연립 앞에 막 당도한 참이었다.

머리가 깨져 쓰러진 주찬 할아버지와 바닥에 누워 버르적거리는

최 집사를 발견한 사내들이 걸음을 멈추었다. 나이가 지긋한 한 명은 무전기를 꺼내 뭔가 웅얼거렸고, 다른 한 명이 곤봉으로 뱀처럼 꼿꼿이 치든 최 집사의 머리를 후려쳤다. 숙영이 창문 밑으로 얼른 자세를 낮추었다. 사내 중 한 명이 옆구리에 찬 가방에서 그물을 꺼내 두 노인을 덮는 사이, 다른 둘이 연립 입구로 들어섰다.

발소리가 점점 가까워졌다. 침대에선 초희가 배를 부여잡고 끄응, 신음했다. 곧이어 탕, 탕, 탕, 현관문 두드리는 소리가 났다.

"130센텁니다. 감염자 신고전화 받고 나왔어요. 안에 계시죠?"

숙영은 얼른 대답을 하지 못했다.

"누구 왔잖아."

초희가 멍하니 앉아 있는 숙영의 어깨를 흔들었다. 5분이 멀다 하고 짜랑짜랑 울리는 안내방송에선 130번으로 감염자 신고를 하라고 독촉했다. 하지만 방금 전 최 집사의 머리가 박살나는 현장을 훔쳐본 숙영으로선 도무지 사내들을 믿을 수 없었다. 그녀는 중졸 학력에 최저임금을 받는 잡부로 살아왔지만, 사람들이 흔히 말하는 '촉'은 젊은 딸들보다 예민했다.

"가만있어. 병원은 내가 책임지고 데려갈 테니까."

숙영이 낮은 목소리로 속삭였다.

"사람들 왔을 때 가면 편하잖아. 이러다 같이 잘못되면 어쩌려구 그래."

숙영이 눈을 부라리며 입을 틀어막았지만 이미 초희의 새된 목소리가 새벽의 정적에 실금을 낸 뒤였다.

"방금 소리 들었지? 안에 계신 분 문 좀 열어 보세요. 몸이 불편하시면 병원을 가셔야죠."

사내가 신경질적으로 문을 두드리며 보챘다.

숙영은 이불로 초희를 감싸 끌어안고 입을 꾹 다물었다.

"팀장님, 어떡할까요. 그냥 이동합니까?"

"이따 언제 다시 와. 상명 2동에만 신고 접수가 서른아홉 건인데 언제 다 도냐. 형래 다 왔으면 장비 갖고 올라오라고 해."

숙영은 알 리 없었지만, 사설 경비업체 직원인 사내들에게 잠긴 현관문 하나 여는 일은 어린애 손목 비틀기만큼이나 쉬웠다.

"형래야, 보조키 좀 따자. 일자키야. 볼렌치는 없어도 될 거 같아. 스피너만. 새끼야, 그냥 들고 와. 몇 발자국이나 걷는다고 오토바이를 끌고 오냐?"

사내가 욕설을 섞어 가며 통화를 했다.

"뭐래?"

"좀비 마주칠까 봐 부득부득 오토바이 끌고 오겠대요."

한심하다는 듯 픽, 코웃음이 곁들여졌다.

숙영은 곧 현관문이 열리고 사내들이 들이닥치리란 걸 직감했다. 만에 하나 사내들이 거칠게 나오면 방어할 무기가 필요했다. 숙영은 발소리를 낮춰 부엌으로 나갔다. 냉장고 앞엔 근대가 던지고 간 권총이 떨어져 있었다. 진득한 어둠 속에서도 검고 번들거리는 총

열은 눈에 확 띄었다. 숙영이 권총을 집어 들어 개머리를 움켜쥐고 방아쇠에 검지를 걸었다. 말 없고 충직한 부하처럼, 손에 착 감기는 권총이 섬뜩하게 느껴졌다.

또다시 안내방송이 시작되었다. 건조하고 명료한 남자의 음성이 유령처럼 연립촌을 떠다녔다. 멀리서 오토바이 엔진 소리가 다가왔다. 숙영이 현관에서 자신과 초희의 신발을 들고 안방으로 들어왔다.

"혹시라도 내가 자빠지면 너 혼자서라도 내빼."

숙영이 초희를 안아 일으키고 신발을 신겼다.

"왜 자꾸 이상한 말을 해? 나 지금 꿈꾸는 거 같단 말이야."

초희가 힘겹게 눈꺼풀을 들어 올리며 물었다.

"그래, 사나운 꿈을 꾼다고 생각해. 꿈인데 무서울 게 뭐 있어? 눈 뜨면 그냥 아침이야."

숙영이 초희의 팔을 어깨에 메고 현관 쪽으로 향했다. 구둣발 소리가 다가왔다.

"이 집이에요? 이거 한 번만 눌러주면 열리겠네."

새로 올라온 구둣발이 보조키 열쇠 구멍으로 장비를 밀어 넣었다. 보조키는 저항 한 번 없이 3초 만에 입을 벌렸다. 플래시를 든 사내가 현관문을 당겼지만 안전 고리 탓에 한 뼘 가량 열리다 말았다. 사내가 동료에게 플래시를 넘기고 가져온 툴박스에서 플라스틱 책받침을 꺼내 현관문 사이에 끼고 재빨리 닫았다 열었다. 책받침에 팅긴 안전 고리가 어이없을 정도로 간단히 열렸다.

숙영이 영화에서 본 것처럼 엄지로 권총 해머를 당긴 뒤 현관을 향해 총구를 겨눴다. 제발 방아쇠를 당길 일이 없기를 기도하며 그녀가 두 눈을 부릅떴다.

"야! 가스총."

일행 중 가장 나이가 많은 사내가 맨 먼저 총을 발견하곤 날렵하게 몸을 피했다. 툴박스를 든 사내는 바닥에 납작 엎드렸고, 계단참에 서 있던 사내가 허리춤에서 권총을 뽑아 숙영을 겨눴다.

"놀라셨다면 죄송합니다. 우선, 그거 좀 내려놓으시죠. 저희가 미리 양해를 구했으면 좋았을 텐데, 워낙 급한 사안이다 보니까 어쩔 수 없이 개문을 한 거예요. 이해하시죠?"

숙영이 든 총이 가스총이라 확신한 나이 많은 사내가 한 발짝 현관으로 다가섰다. 센서등이 들어오며 사내들의 얼굴이 드러났다. 스포츠머리에 폴로 티, 면바지, 전자손목시계. 평범한 가장의 모습이었다.

"댁들이 밖에서 뭐했는지 다 봤어. 총은 아저씨들이나 내려놔. 더 들어오면 쏠 거야."

사내가 시치름하게 웃었다.

"아주머니가 뭘 봤는데? 모르는 사람이 들으면 우리가 사람이라도 죽인 줄 알겠어요. 그 할머니 진작 돌아가신 거 몰라요? 혈압, 체온, 맥박 없으면 시체인 거예요. 집 앞에 시체 치워 줬으면 고마워하셔야지, 외려 총을 겨누면 어떡합니까? 그냥 내려놓고 나오세요.

우리 직원들이 병원으로 모시고 간다니까."

숙영은 사내의 말을 믿지 않았다. 앞니를 드러내며 간능을 부리고는 있지만 여전히 세 개의 총구는 그녀와 초희를 향해 있었다.

"셋 다 신분증 던져 봐요."

숙영의 요구에 나이 든 남자가 피식피식 웃으며 성긴 정수리를 긁었다.

"싫어. 지금 아줌마가 요구하는 신분증은 당신 같은 사람들 깨끗이 청소를 해야 나오거든."

순식간에 눈빛이 야수처럼 차갑게 식은 사내가 잠시 늘어뜨렸던 팔을 직각으로 세우며 구둣발로 집 안에 난입했다. 사내의 총구가 초희의 가슴팍을 향해 있었다. 숙영은 초희의 허리를 잡은 왼팔을 바짝 끌어당기며 어금니를 깨물었다.

"비켜!"

비명과 함께 숙영의 총구에서 유탄이 발사되었다. 반동을 이기지 못한 그녀가 오른쪽 어깨를 싱크대 서랍장에 찧었다. 손에서 힘이 빠지며 권총이 바닥에 떨어졌다.

"아줌마, 그거……."

거실까지 밀고 들어온 사내가 믿을 수 없다는 표정으로 숙영을 바라보았다.

"선배, 형래가 맞았어요!"

현관문 밖에선 어깨에 총알이 박힌 젊은 사내가 계단참에서 피를 흘리고 있었다. 숙영은 다음 상황을 짐작할 수 있었다. 피를 본 짐승은 사나워진다. 나이 든 사내의 뺨이 경련으로 씰룩거렸다.

★

두 대의 경찰차가 주택가 비좁은 골목길을 질주했다. 앞서 내달리는 차는 정교한 솜씨로 개조된 아반떼였고, 바짝 뒤따르는 차는 형사기동대 소속 스타렉스였다. 골목마다 팝업처럼 튀어나오는 좀비 탓에 아반떼는 수시로 헌 옷 수거함이나 야외 파라솔을 들이받으며 곡예운전을 했지만 스타렉스는 제법 여유까지 부리며 토끼몰이를 했다.

"타라, 얼마나 더 갈 수 있겠어?"

근대가 한 칸 남은 연료 게이지를 바라보며 물었다.

"10, 아니 15키로쯤이요. 사실 저도 잘 모르겠어요."

타라가 통통 부은 눈을 힘겹게 끔뻑이며 대답했다.

근대는 다시 한 번 결단을 내려야 할 때가 왔다고 생각했다. 그의 옆에는 차창에 머리를 기댄 지저벨이 심하게 몸을 떨고 있었다. 푸르스름한 입술과 셔츠 깃이 푹 젖도록 쏟아지는 식은땀, 검게 내려앉은 눈그늘이 심상치 않았다. 근대가 지저벨의 이마에 손을 얹었다. 서늘하다 느껴질 만큼 낮은 체온이었다. 검지와 중지를 모아 경동맥에 가져다 댔다. 간신히 맥이 느껴지긴 했지만 그마저도 서맥이었다. 감염 증상일 가능성도 배제할 수 없었다. 근대는 지저벨의 셔츠 단추를 풀고 몸 곳곳을 유심히 살폈다. 행여 좀비에게 물린 곳은 없는지, 상처가 난 자리에 놈들의 체액이 튀진 않았는지 샅샅이 훑었다. 눈 밑에 긁힌 듯한 흉터는 꽤 오래되어 보였고, 손등과 팔뚝에 가벼운 찰과상이 있었지만 주변부는 말끔했다. 확인하지 못한 곳은 바지로 가려진 하반신이었다. 근대는 지저벨이 차에 타기 직전 하의실종이 흘린 피에 엉덩방아를 찧었던 것을 생각해 냈다.

"지저벨 경, 보이지 않는 곳에 다친 데는 없나?"

지저벨이 눈꺼풀을 힘겹게 들어 올리며 고개를 끄덕였다.

"최근에 수술을 했다거나, 완전히 아물지 않은 상처도 없고?"

근대의 질문에 지저벨의 눈빛이 호롱불처럼 흔들렸다.

"왜요, 지저벨한테 무슨 일 있어요?"

지저벨의 상태를 알 리 없는 타라가 팻기 가신 얼굴로 물었다.

"치질…… 치질이 있어요."

지저벨이 메말라 갈라진 입술을 간신히 달싹였다.

근대의 경직된 뺨이 틱 증상으로 씰룩거렸다.

"좀비가 되어 가고 있다는 거 알아요. 이제 절 죽일 거죠?"

지저벨은 정신을 곤두세우려 애를 썼지만, 자꾸만 눈꺼풀이 감기고 입이 벌어졌다.

"아니, 난 경을 죽이지 않아. 어딘가 모든 걸 원상 복구시켜 줄 사람이 있을 거야. 그때까지 어떻게든 견뎌."

근대의 대답에 지저벨이 재채기 직전의 몽롱한 표정으로 희미하게 웃었다.

"웃는남자님은 만화를 너무 많이 봤어요. 그런 영웅이 어디 있다구. 그만 포기해요. 포기하면 편해."

근대에게 만화를 너무 많이 봤다고 비아냥거리면서, 〈슬램덩크〉의 대사를 인용한 자신의 농담이 꽤 마음에 들었는지, 지저벨이 삐뚤삐뚤한 치열을 드러냈다. 근대는 지저벨의 말이 옳다는 걸 깨닫고 대꾸할 말을 잃은 채 멍하니 차창을 내다봤다. 폐지가 가득 담긴 수레가 아반떼에 튕겨 음식물수거함으로 나자빠졌다.

"어쩌면 그런 사람, 정말 있을지도 몰라요."

타라가 무겁고 꿉꿉한 침묵을 깼다.

"인터넷에서 이상한 소설을 읽은 적이 있어요. 읽었다기보다는 해독한 거지만요."

타라는 몇 년 전, 토렌트로 중국 단편 애니메이션을 다운 받다 폴더 안에 섞여 든 워드패드 파일 몇 개를 발견했다. 파일 중 하나를 열었다. 문자는 없었고 수천 줄에 달하는 1과 0의 조합뿐이었다. 마침 손님이 뜸한 수요일 오후였다. 파트너는 경락마사지 손님의 단단한 승모근을 누르느라 알땀을 흘리고 있었다. 타라는 호기심에 휩싸여 워드패드에 적힌 숫자들을 복사해 검색을 시작했다. 얼마 지나지 않아 그 글의 정체가 유니코드라 부르는 컴퓨터 언어라는 걸 알게 되었다. 그녀는 유니코드 변환기를 다운 받아, 코드를 한 줄씩 붙여 넣었다. 변환기로 걸러진 언어는 예상대로 중국어였고, 그걸 다시 번역기에 돌려야 겨우 읽은 만한 글이 되었다.

첫 파일은 '허베이 시 공공기관 업적평가서'라는 제목의 보고서였고, 이어 〈인민일보〉의 논평 몇 토막과 국유기업단 조직도, 무테추와 샤오밍의 가계도와 정밀하게 측정된 각 부위 신체 사이즈, 폐경 이후 임신하는 법이나 마롱이라는 이름의 고위 공직자가 쓴 엽색 일기, 무명씨가 작성한 강시로 살아남는 법 등이 있었다. 누군가 여러 사람의 컴퓨터를 해킹해 읽을 만한 글들을 추려 놓은 듯했다. 타라는 꾸덕꾸덕 굳어 가는 네일 폴리시에 띠너 몇 방울을 떨어뜨리며 그중 가장 재미있어 보이는 파일을 클릭했다. 변환기에서 번역기까지 거친 문장이다 보니 문맥이 자연스럽지는 않았지만, 가볍거나 장난스러운 내용은 아니었다. 오히려 정제되지 않은 번역체 문장 덕에 글은 어딘가 기괴하지만 직설적이고 냉소적이며 담백했다. 대략의 내용은 이랬다.

뇌성마비 장애인인 나는 만삭인 지적장애인 아내가 힘겹게 만화방을 구려 가는 걸 안타깝게 지켜보고 있었다. 월세가 밀려 길거리로 나앉게 생기자 곧 다가올 출산이 막막하기만 했다. 그러던 중 나는 모 대학병원에서 거액의 보수를 내건 임상시험에 지원하게 되었다. 시험에 참가한 사람은 열아홉 명으로 모두 신경계 감염 환자들이다. 병원 당국은 각종 면역검사와 다각도의 심리검사를 실시하였고, 유일하게 나 홀로 시험체에 적합하다는 판정을 받게 됐다. 병원 측에선 중국 베이징의 모처를 시험 장소를 정했고, 일정 기간 동안 투약과 예후를 지켜본 뒤 중화 100만 위안을 지급하기 약속했다.

약간의 설렘과 두려움을 안고 시험 장소에 도착한 나는 무균실에서 일주일간 하루 한 번씩 링거를 통해 약물을 투여받았다. 일상은 단조롭지만 엄격한 규칙에 따라야 했다.

매일 아침 일곱 시면 침대 옆 비닐 커튼 너머에서 라텍스 장갑을 낀 누군가의 손이 들어와 링거를 주사하고 은박지에 싼 식사와 한 주먹의 약을 놓고 갔다. 고온의 스팀으로 멸균한 퍼석퍼석한 밥과 채소볶음, 간 없이 푹 쪄낸 돼지고기 따위와 고열량 스프를 모두 먹고 나면 소독제가 섞인 물로 샤워를 하고 약을 먹었다. 점심 무렵엔 채혈 후 체온을 재고, 혈액 수치가 불안정할 경우엔 약물이 추가로 주입되거나 혈소판 수혈을 받기도 했다. 체온은 항상 40도 안팎, 숨이 가쁘고 무기력한 컨디션이었다. 커튼 밖에서 수런수런 사람들의 목소리가 들리기도 하지만 중국어이므로 알아들을 수가 없었다. 이대로 죽을 수도 있다는 생각이 든 건, 투약 닷새째였다. 구토와 발열, 오심이 격해지며 늘 제멋대로 뒤틀리던 팔과 다리에 힘이 빠지기 시작했다. 밥을 먹지 못하자 의료진은 여러 종류의 영양제를 매달고 매캐한 냄새가 나는 가루 소독약을 몸에 분사했다. 상태가 급격히 나빠져 의식마저 가물가물할 즈음엔 위생복을 입은 사람들이 들어와 온몸 구석구석을 사진 찍고 바늘로 찔러댔다. 통증은 느껴지지 않았다. 살갗을 뜨겁게 달구던 피가 일순 식어 버렸는지 몸이 얼어붙는 느낌뿐이었다.

그들은 나를 침대째 어딘가로 옮겼다. 상당히 넓은 공간이었고, 커다란 무영등이 창백하게 내리쬐는 곳이었다. 나는 겨우 스무 살이 되었을까 말까 한 어린 처녀 옆에 나란히 눕혀졌다. 처녀는 알몸에 야위었다는 말이 부족할 만큼 비쩍 말랐지만 뺨과 젖가슴만은 생기를 잃지 않은 채 봉곳했다. 땋았다 풀었는지 잘게 굽실대는 단발머리와 쌍꺼풀 진 큰 눈, 쪽박귀, 짧고 각진 턱. 촌에서 흔히 볼 수 있는 순한 얼굴이었다. 특이한 점은 입에 조리처럼 생긴 입마개가 씌어 있다는 거였다.

의료진이 침대 맡에서 큰 소리로 회의를 하는 동안 처녀가 내 쪽으로 고개를 돌렸다. 크고 겁 많아 보이는 눈동자가 오래도록 내 얼굴을 더듬었다.

"워먼쓰…… 지앙씨."

처녀가 핏기 없는 창백한 혀를 앞니에 튕기며 자그맣게 속삭였다.

내가 대꾸 없이 눈을 깜빡이자, 그녀가 다시 입술을 열었다.

"위아 좀비. 유 노우?"

처녀가 언어를 바꿔 내게 말했지만 알아듣지 못하기는 마찬가지였다.

의료진이 하나둘 우리 곁으로 다가왔다. 처녀는 언제 그랬냐는 듯 고요히 눈을 감았다. 의료진 중 한 명이 무어라 길게 떠들고는 처녀와 나의 손목과 발목을 침대에 단단히 동여맸다. 그러고는 날치처럼 매끈한 칼을 집어 들어 명치께에 깊숙이 박아 넣었다. 마취제를 놓은 기억이 없었지만 아프지 않았다.

모든 일은 순식간에 벌어졌고, 나는 현실감을 잃은 채 아내의 고단한 잠든 얼굴을 바라볼 때처럼, 다소 우울하고 측은한 심정으로 내 배 속을 뒤지는 사람들을 물끄러미 지켜보았다. 채도가 조금씩 다른 붉은 살덩이들이 배에서 꺼내져 저울에 잠시 머물렀다 다시 제자리로 돌아갔다. 간혹 시료를 채취하는지 작은 살점을 거즈에 담아 은색 트레이에 옮기기도 했다.

눈동자를 처녀에게 돌렸다. 그녀의 헤벌어진 배는 선홍색 안감을 댄 핸드백을 닮았다. 고작해야 양칫물 바가지 하나로 다 길어 낼 만큼 조붓한 배 속에서 벽옥처럼 붉고 매끈한 간과 바짝 옹크린 심장이 빠져나왔다.

가늠할 수 없는 시간이 지나 배는 다시 봉합되었다. 의료진은 염하듯 꼼꼼히 피부를 닦고 동공에 손전등을 비추며 말을 걸었지만 말귀를 알아듣지 못하는 나는 그저 눈만 껌뻑여 보였다. 그들은 다시 저희들끼리 모여 한참을 쑥덕거린 뒤, 서류철 하나를 꺼내 처녀에게 다가갔다. 가장 나이가 젊어 보이는 사내가 처녀에게 서류에 적힌 내용을 천천히 읽어 주었다. 석 장의 종이가 넘어간 뒤, 처녀는 입술을 달싹였다.

처녀의 입술이 무언가의 동의를 표현한다는 걸 머지않아 깨달았다. 이

옥고 사내가 면도칼을 가져와 처녀의 머리를 밀기 시작했다. 헤어라인에서 정수리를 향해 칼이 지나가자 갈색의 숱 없는 머리칼이 서걱서걱 잘려 나갔다. 민머리가 된 처녀 앞으로 천사의 헤일로처럼 생긴 원형 틀이 끼워지고 여섯 개의 나사가 조여졌다.

나는 슬퍼해야 할지 분노해야 할지 그도 아니라면 웃고 즐겨야 할지 알 수 없어 벙벙한 얼굴로 누워 있었다. 처녀는 조금 피로한 표정으로 내 쪽을 바라보곤 눈을 감았다. 누군가 손잡이가 짧은 드릴을 들고 와 사내의 손에 쥐어 주었다. 그는 펜으로 정수리에 점을 찍고 메스로 피부를 가른 뒤 드릴을 작동시켰다. 처녀는 앙탈 한 번 없이 자신의 뇌를 허락했다. 외려 비명을 지른 쪽은 나였다. 처음엔 녹슨 경첩처럼 거칠게 찌걱거리던 목소리가 점점 기운을 되찾아 드릴 소리를 덮어 갔다.

사내를 제외한 의료진들이 내게 다가와 흥미롭다는 듯이 미소를 지었다. 그들 중 한 명이 새부리처럼 뾰족한 가위로 내 손끝을 깊숙이 찔렀다. 미묘한 압각은 남아 있었지만, 여전히 통증은 느껴지지 않았다. 어쩌면 나는 단지 통증을 느끼지 못하는 것이 아니라 이미 죽었을지 모른다는 생각이 들었다.

내가 짐승처럼 울부짖는 사이, 처녀의 뇌는 포르말린이 가득 찬 유리병이 담겼다. 뇌를 지켜야 했다. 이 모든 게 꿈이라 해도 식용 원숭이처럼 골이 뻥 뚫린 채 구경거리가 되고 싶지는 않았다. 그들이 원하는 건 나의 뇌가 아니라는 걸 나는 며칠 후에야 깨달았다.

의료진은 나를 다시 병실로 데려갔다. 한국에서 나를 검진한 의사 중

한 명을 병실로 들여보냈다. 그는 송 씨 성의 감염내과 박사로 처진 눈과 크고 둥근 코, 네모진 입술의 유약한 지식인 형이었다.

나는 송 박사에게 가장 먼저 아내의 근황을 물었다. 그는 아내가 보름 전 건강한 딸을 출산했고, 이름은 혜원이라 지었으며 낡았지만 기름보일러와 수세식 화장실이 있는 관사에서 생활하고 있다고 전했다. 나는 그에게 언제쯤 한국에 돌아가 아내와 딸을 만날 수 있는지, 수술한 몸은 재활이 가능한지 등을 캐물었다. 송 박사는 권위의 상징처럼 보이던 금테 안경을 일없이 매만지며 대답을 우물거렸다.

"시체가 말을 하다니, 이건 정말이지 기적이네."

송 박사의 이마와 귀뺨과 인중이 땀으로 번들거렸다. 농담인가 싶어 웃어 보였지만, 송 박사의 얼굴은 심각했다.

"뇌성마비 후유증도 전부 사라졌고, 부패도 찾아볼 수 없군. 사실 난 사이비 교주와 떼놈들 말을 믿지 않았어. 개도 웃을 허황된 소리였지. 우리 병원도 연구비나 좀 벌어 볼 심산으로 지원을 했지만 이게 정말 가능하리라곤 상상도 하지 못했네. 그런데 이렇게 눈으로 확인했으니 반박의 여지가 없구먼."

그는 들고 온 보스턴백에서 청진기를 꺼내 귀에 걸었다. 그러고는 청진판을 내 가슴과 배에 대 보고, 검지와 중지를 모아 경동맥을 짚은 뒤 손목시계를 들여다보기도 했다. 송 박사는 다시 자리에 앉아 숨을 고른 뒤 재빨리 성호를 그었다.

"다들 나한테 왜 이러는 겁니까."

송 박사에게 물었다.

그가 손깍지를 풀고 안경을 고쳐 썼다.

"아직도 나는 그들이 하는 말을 모조리 신뢰하지는 않아. 전부 상식 밖의 얘기니까. 그들의 주장대로라면 세포의 사멸을 중단시켜 노화와 죽음의 공포에서 벗어날 수 있는 약물이 있다더군. 정확히는 미상(未詳)의 바이러스라고 했어. 인체에 감염되면 끊임없이 텔로머레이즈 효소를 생산하게 되는데, 그게 가능한 일이라면 누구나 젊음을 유지할 수 있겠지."

송 박사가 깍지 낀 손을 단정하게 자신의 무릎 위에 모았다.

"그럼 좋은 거 아닙니까?"

"그런 것만도 아니네. 여기 입원한 동안 자네의 몸을 구성하는 모든 세포가 악성 신생물로 바뀌었거든. 그게 뭘 뜻하는지 아나? 자넨 커다란 암 덩어리가 됐다는 소리야. 뇌가 파괴되지만 않는다면 늙지도 죽지도 않는다는 거지. 바이러스라면 세포벽을 뚫고 나와 새로운 숙주를 찾아야 정상인데, 자네의 경우는 곧바로 변이를 일으킨 채 휴면 상태로 들어갔어. 어쩌면 어린 시절 앓았다던 폴리오바이러스 때문인지도 모르지."

송 박사는 점점 더 많은 땀을 흘렸다. 그는 가운을 벗어 의자에 걸고 손등으로 이마를 훔쳤다.

"중국 측 시험체로 선정되었던 아가씨는 결국 사망했네. 자네와는 달리 무균실에서 몇 차례 강한 발작을 일으켰다더군. 그때마다 심한 공격성을 드러냈고, 의료진을 물어뜯으려 달려들거나 자신의 몸을 자해했다는 보고서를 읽었네. 바이러스가 자네와는 다른 방향으로 변이한 모양이

이야. 그래서 가족에게 웃돈을 얹어 주고 뇌까지 부검하게 되었던 거지."

"이런 얘길 저한테 전하는 거 위험하지 않습니까. 그들이 해코지라도 하면."

내 질문에 박사는 피로가 역력한 얼굴로 씨익 웃어 보였다.

"피해는 나 혼자 감수할 테니 걱정 말게. 모두의 예상을 뒤엎고 자네는 살아남았어. 살아 있는 한 시험은 끝나지 않아. 물론 새로운 보수를 제시할 거고, 여러 가지 편의도 제공하겠지. 일부러 목숨을 앗는 일은 없을 거야. 지금으로선 자네가 유일한 시험체고 다시 같은 결과가 나온다는 보장도 없으니 소중히 다룰 걸세. 일정 기간이 지나면 일상으로 돌려보내 줄지도 몰라. 사람들과 섞여 살아가는 것도 시험의 한 단계거든. 그리고 내 걱정은 말게. 나 역시 소모품이거든."

아리송한 대답을 끝으로 송 박사는 밭은기침을 했다.

"왜 이런 실험을 하는 겁니까? 독재자나 악인도 영원불멸하면 그땐 어쩔 셈입니까? 찾아다니며 하나씩 대가리를 깨부수기라도 하겠다는 겁니까?"

얼굴이 시뻘게지도록 기침을 하는 송 박사를 몰아세웠다.

"자네, 집단학살 8단계에 대해 들어 봤나?"

송 박사의 두툼한 눈꺼풀 위로 결로처럼 땀이 맺혔다.

"그런 거 모릅니다."

"그래. 한국에선 아무도 그런 걸 가르치지 않지. 나도 유학 시절 백발의 독일인 교수한테 배웠으니까. 집단학살은 시작은 차별화라네. 다른 것을 틀리다고 구분 짓기 시작하는 거야. 그다음엔 상징화 작업을 시작하지. 차별할 대상을 정확히 집어내 분류하고 낙인찍는 작업이야. 그리고 비인간화 시켜 버리는 거야. 그들을 인간으로 취급하지 말자고 조장하고 증오집단을 형성해 나가지. 5단계에 접어들면 좀 더 과격한 행위들이 등장하게 되네. 정상인으로 분류된 다수를 선동해 양극화를 만들고 비정상으로 낙인찍힌 집단을 공격하기 시작하는 거야. 6단계는 철저한 검증과 분류. 7단계에 들어가면 말살. 그리고 8단계, 부정으로 학살을 마무리한다네. 기득권이 저지른 학살 행위를 범죄가 아니라고 부정하고 그걸 홍보하는 거야. 이건 어디까지나 살아남기 위한 정당방위였다. 그러니 목숨을 구한 자 모두 입을 닫으라."

송 박사의 숨소리에서 쌔액쌔액 바람 새는 소리가 섞여 났다.

"저는 무식해서 무슨 말인지 정말 하나도 모르겠습니다."

"죽은 처녀의 몸에서 나온 바이러스가 언젠가 집단학살의 도구가 될지도 모른다는 이야기야. 정치적, 사회적으로 불안정한 두 국가, 그리고 영생과 종말을 주장하는 사이비종교에서 돈을 퍼부어 생체실험을 했어. 표면적으로는 국민보건이 목적이지만, 이런 비극적인 결과를 당국은 환영하는 눈치더군. 시험체 중 한 명은 강한 공격성을 드러내다 폐사했고, 다른 한 명은 바이러스를 변이시킨 채 살아남았네. 죽은 처녀의 몸에서 나온 바이러스가 다른 사람들에겐 어떻게 작용할지 여기 있는 누구도 알수 없어. 그래서 연구소는 새로운 시험체가 필요해졌고, 민간인 시험이 위험하다고 판단한 당국은 나를 시험체로 지목했지. 아마도 나는 살아서 이곳을 빠져나가긴 어려울 것 같아. 내 몸에서 새로운 변이가 일어나지 않는다면 아마 자네의 혈액으로 백신을 개발할 걸세. 언젠가 전쟁이나 국가부도라도 터지는 날엔 바이러스가 풀리게 될지도 모를 일이니까."

송 박사에게서 눈을 거두어 내 손가락을 바라보았다. 엉키듯 퉁그러졌던 손가락이 반듯하게 부채꼴로 펼쳐졌다. 목과 얼굴 근육과 무릎 관절도 유연했다.

"참 기적 같은 일이지? 잘 보존하게. 폴리오와 결합해 변이를 일으킨 바이러스가 죽은 처녀 같은 감염자에게 투여되면 자네처럼 목숨을 건질 수도 있을지 모르니까 말이야."

★

근대와 일행을 실은 아반떼가 굴다리를 빠져나가 비포장도로를
달렸다. 희미하게 타이어 타는 냄새가 났다. 백미러로 펑크 나 멈춰
선 스타렉스가 멀어져 갔다. 바로 옆 염색공장 단지만 건너면 근대
의 연립이었지만, 좀비가 된 노동자들이 국민체조하듯 단지 주변을
어슬렁거리고 있었다.

"소설이 아니었을지도 몰라요. 그 사람이라면 감염자들을 구할 수
도 있잖아요."

타라가 차를 멈춰 세우고 지저벨을 돌아보았다. 그의 뺨이 창백하
다 못해 파르스름해졌다.

"허무맹랑한 소리야."

지저벨이 바싹 마른 입술을 겨우 달싹였다.

"지저벨, 그런 말 하지 마. 무모한 억지라도 비웃음 당해도, 의지로 버티는 싸움의 길."

타라가 대시보드에서 휴지를 꺼내 땀과 눈물로 번들거리는 얼굴을 닦으며 외쳤다.

"그 대사, 〈천원돌파 그렌라간〉이었던가?"

근대의 질문에 타라가 고개를 끄덕였다.

"그래, 카미나가 했던 말 같군. 지저벨, 카미나 대사 다음에 시몬이 뭐라고 대답했는지 기억하나?"

지저벨이 힘없이 고개를 가로저었다.

"막는 것이 있다면 부숴 없애 버리리라. 길이 없다면 이 손으로 만들어 주리라. 시몬다운 대답이었지. 난 타라의 얘기가 아주 허무맹랑하다고 생각하지는 않아. 그 남자를 찾아내자. 적어도 찾는 시늉이라도 해 보는 거야. 아무것도 안 하고 동료가 죽어 가는 걸 보고 있을 수는 없잖아. 타라, 그 남자나 백신에 대한 정보가 더 있어?"

근대가 백미러를 흘깃거리며 물었다.

"딸 이름이 혜원, 본인 이름은 김준수라고 했어요. 그리고 만화방을 했다는데 위치는 나와 있지 않고요."

타라가 다 줄곧 켜 놓았던 무전기에서 백색소음이 걷히고 신선의 목소리가 불쑥 튀어나왔다. 근대는 자신들만 경찰의 무전을 엿들을 수 있는 게 아니라는 걸 깨닫고, 어금니를 짓씹었다.

"나요, 장 경장. 당신들 그거 아오? 오늘 저지른 도로교통법 위반

사항들만 엮어도 벌점 누적으로 면허정지는 기본이고 공무원 자격 사칭, 공무집행방해, 물피도주…… 셀 수 없이 많은 범죄행위를 저질렀다는 거."

근대가 콘솔에서 메모지와 볼펜을 꺼내 글씨를 휘갈겨 타라에게 건네고 무전기를 잡았다.

"우리 얘기 다 들었다면, 모두 살아남을 수 있는 방법이 있다는 것도 아시겠죠."

메모지에는 '거짓 정보', '교란' 두 단어가 적혀 있었다.

"여자분 말마따나 그건 소설일 뿐이오. 설령 소설이 아니라 하더라도 김준수라는 이름 석 자만 갖고 당장 사람을 찾는 일이 가능하다고 생각합니까?"

굴다리 쪽에서 먼지바람이 일었다. 스타렉스 보닛이 서서히 어둠을 빠져나오고 있었다.

"정보가 더 있다면요?"

근대를 향해 크게 한 번 고개를 끄덕인 타라가 부러 큰 목소리로 외쳤다.

"거래합시다. 우리는 김준수라는 사람에 대한 구체적인 정보를 갖고 있습니다."

대답 대신 백색소음만이 지글거렸다.

신선 같은 용모의 장 경장은 강력계 계장이자 조이캡의 모체인 심상치유인명교, 약칭 심명교의 간부였다. 삼십 대 후반, 말기위암 수술을 받고 동료의 소개로 들어간 심명교에서 교주를 알현해 치유의 식을 치르고 기적적으로 회생한 뒤, 그는 누구보다 신실한 종교인으로 다시 태어났다.

심명교는 약속한 날이 도래하면 지옥의 사자들이 씨앗에서 움터 죄인의 피와 살로 대지를 적시고, 그 위에 선택받은 자들의 낙원이 일어선다는 예언서로 교인들을 사로잡았다. 그리고 지난 주, 교주는 약속한 날이 다가왔음을 간부들에게 전하며, 빠른 시일 안에 불신자들을 척결하라고 간부들에게 하명하였다. 심상교 교주의 장남은 엘리트 코스를 밟은 장관이었고, 차남은 조이캡 대표이사였으며, 고명딸은 일간지와 뉴스채널을 거느린 거대 언론사 사주의 아내였다. 장 경장은 종말이니 낙원 같은 말보다 돈과 권력, 말의 힘을 믿었다.

이미 2주 전 경기 북부에 최초의 좀비가 처와 자식을 공격한 사건이 발생했지만, 심명교를 중심으로 한 권력집단은 언론 공개 시기와 사망자의 처리, 유권해석과 지휘권을 고심하며 팔짱을 끼었다. 이는 분명 국가적 재난이었지만 잘만 이용하면 몇몇 골치 아픈 정치적 갈등과 소요로부터 국민의 시각을 분산시키고, 적당한 시기에 백신을 제공해 신뢰를 높일 수 있는 기회이기도 했다. 그러나 백신을 쥐고 있는 중국의 태도가 수상쩍었다. 예상보다 바이러스의 확산이 컸고, 준비된 양은 턱없이 모자란 상태이니 기술이전은 해 주되 완제품을 넘길 수는 없다며 꼬리를 뺐다. 그마저도 백신의 핵심인 항체를 가진 시험체가 행방불명된 현재, 대통령까지 방공호로 피신했다는 소문이 떠돌며 정국은 비상사태에 돌입했다.

질병대책본부의 역학조사에 따르면, 최초 감염자는 중국인 관광객 가이드였다. 그는 발병 초 동네 이비인후과에 방문해 두 차례 진료를 받았지만 호전의 기미가 없어 종합병원을 찾아가 재검사를 받았다. 이미 중국에서 페인플루 환자가 발생한 시기인 만큼 유전자검사나 혈액검사를 실시하는 것이 마땅했으나 담당의는 서울에 올라가 3차 진료기관을 찾아가 보라는 말로 그를 돌려보냈다. 그러는 사이 환자는 고열과 호흡곤란 등의 증세를 호소하다 발병 76일 만에 변이를 시작했다. 그와 접촉한 사람만 3천 명이 넘었고, 그중 3차 감염된 사람도 예순여덟 명에 달했다. 다급해진 정부는 대통령이 직접 나서 중국 측에 백신을 구걸하다시피 요청했지만, 중국 당국이 대가로 서해 대륙붕의 영토 이양을 요구하며 협상은 결렬되었다.

이 무렵 심명교 교주는 신도들에게 지옥의 사자와 불신자 척결을 명하고, 곧바로 미국행을 선택했다. 장 경장을 포함한 간부들은 대책회의를 열어 백신이 생산될 때까지 어떻게든 시간을 벌어 보자고 뜻을 모았다. 정부는 비선을 동원하여 조이캡 직원들이 좀비 포획에 참여하는 대가로 향후 경찰에 준하는 대우를 약속했지만, 바이러스의 확산은 예상보다 빨랐고 직원들의 피해도 기하급수적으로 늘어 갔다.

마음이 다급하기는 장 경장도 마찬가지였다. 그는 근대 일행의 제안이 허무맹랑하다고 생각하면서도 지금으로선 새로운 대안을 찾아내기 힘들다는 걸 알고 있었다. 항체를 가진 시험체가 있다는 소문이 그들의 대화를 통해 확인된 지금 지체할 시간이 없었다.

"원하는 게 뭔가?"

한참 만에야 장 경장이 침묵을 끊었다.

근대가 이마에 맺힌 땀을 닦으며 안도의 한숨을 내쉬었다.

"이 차에는 감염의심자가 한 명 있습니다. 사살하지 않고 서울로 엄호해 주십시오."

감염의심자라는 말에 장 경장의 눈썹이 꿈틀댔다. 한 명의 감염자가 수백 수천 명의 인명 피해로 확산될 수 있는 상황이었다. 제아무리 신명교라는 굵은 동아줄에 엮인 장 경장이라지만 감염자를 수도로 이송하는 건 권한 밖의 일이었다. 더구나 그들이 제시하는 정보가 알고 보면 혈액형이나 인상착의 정도의 무용한 것이라면 시간만 낭비하는 꼴이 되고 말 터였다.

"정보라는 게 구체적으로 어떤 건지 알고 싶군. 거주지 주소라든지 주민등록번호처럼 신상 파악이 확실한 정보가 아니라면 도움을 줄 수 없으니 말이야."

장 경장의 대답에 근대가 메모지에 글씨를 썼다. 타라가 메모지를 읽고 고개를 끄덕였다.

"마지막 일기는 10년 전까지 작성되어 있어요. 마지막 장에 새로운 가명과 주소도 적혀 있었고요. 태블릿피시에 저장해 놨으니 확인하세요."

타라가 무전기 가까이에 입을 대고 또박또박 대답했다.

그녀는 대시보드에서 아이패드를 꺼내 메모장을 열었다. 그러고는 꽤 오래전 자신을 임신시키고 말없이 종적을 감춰 버린 오종석이라는 옛날 애인의 이름과 주소를 적었다. 근대는 타이핑을 하느라 내려간 타라의 소매 아래 여러 가닥의 희미한 흉터를 애써 못 본척했다.

장 경장의 스타렉스가 근대 일행의 뒤에 바짝 다가가 멈춰 섰다. 그는 호주머니에서 손수건을 꺼내 얼굴로 쏟아지는 땀을 닦으며 차에서 내렸다. 그러고는 느릿느릿 아반떼로 걸어와 차창 밖에서 근대와 지저벨, 타라를 훑어보았다.

"무궁화 두 개, 저 친구요? 감염자라는 양반이."

장 경장의 물음에 근대가 차창을 내리며 고개를 끄덕였다.

"그…… 태블릿에 저장됐다는 정보나 좀 확인합시다."

근대가 타라를 향해 눈짓을 보냈다. 그녀가 아이패드 액정의 일부를 손가락으로 가리고 장 경장이 보이도록 들어올렸다.

"서울에 도착하면 공개하겠습니다."

타라의 말에 장 경장이 배릿하게 웃었다.

"만약 내가 이 자리에서 권총을 꺼내 당신들을 전부 사살하고 정보를 빼앗겠다면 어쩔 셈이오."

"패스워드 해독할 자신이 있다면 마음대로 하시죠."

근대가 짐짓 여유로운 표정을 지었다.

"사살할 생각이었다면 진작 벌집을 만들었을 거요. 물론 그러지 않은 건 내게도 당신들이 필요하기 때문이고. 정보의 진위에 문제가 생긴다면, 책임을 나눌 사람이 있어야 할 거 아니겠소. 저 친구 지금 상태는 어떻소?"

장 경장이 팔짱을 끼고 지저벨을 넘겨봤다. 숨만 붙어 있다뿐 시체나 다름없는 지저벨이 반대쪽 차창에 머리를 기댔다.

"위독한 상황이지만 아직 생명징후가 남아 있습니다. 필요하다면 수갑을 채우거나 재갈을 물릴 용의도 있고요."

근대의 대답에 장 경장이 고개를 끄덕이며, 스타렉스를 돌아보았다. 무장한 경찰 한 명이 총구를 겨눈 채 아반떼를 노려보고 있었다.

"목적지가 어디요?"

"양재동 AT센터, 거기까지 데려다 주면 태블릿피시에 든 정보를 넘기겠습니다."

장 경장이 양재동이라, 하며 머리를 긁적거렸다.

"지금 당신이 하는 말에 반드시 책임을 져야 할 거요. 임 순경, 강변북로 사정 어떤지 무전 넣어 봐. 안 되면 의정부로 해서 동부간선도로 타든지 하게."

그가 스타렉스를 향해 외쳤다.

잠시 후, 임 순경으로 불린 사내가 엄지와 검지를 이어 오케이 표시를 했다.

"임 순경이 아반떼 운전하지. 기름도 채워. 엥꼬 났어."

눈이 예리한 장 경장은 짧은 시간이었지만, 근대 일행의 얼굴과 체구, 연료 게이지와 내부구조 등을 꼼꼼히 뜯어보았다. 그는 스타렉스로 돌아가 임 순경으로 불렸던 사내를 아반떼로 보냈다. 임 순경은 경유가 든 말통을 들고 와 주유구에 꽂고 차 후면과 타이어를 훑고는 연신 감탄사를 터트리며 핸드폰 카메라로 기념촬영을 했다.

기름을 다 채우자 타라가 임 순경에게 자리를 내주고 보조석으로 옮겼다. 그는 이십 대 후반에 코디악베어처럼 엄청난 거구였지만, 피부가 희고 뺨이 붉은 데다 순정만화 여주인공 같은 화려하고 큰 눈동자를 가진 신출내기였다.

"와, 이 차 누가 만든 겁니까? 대박이네. 심지어 경광등은 보급품이야. 말도 안 된다. 진짜 나의 마음 언록된 거 같애."

임 순경이 호들갑스럽게 큰 눈을 이리저리 굴리며 아반떼 내부를 훑어보았다.

"나의 마음 언록?"

임 순경의 말에 근대가 고개를 갸웃거렸다.

"뭐, 그런 게 있어요."

임 순경이 해맑게 웃으며 안전벨트를 묶었다.

"〈캐릭캐릭 체인지〉 대사잖아요!"

타라가 피식 웃으며 임 순경을 바라보았다.

"어, 아시네. 우리나라엔 〈수호 캐릭터〉로 들어왔는데. 히나모리 쨩 대사잖아요. 혹시, 양재동 가려는 게 코페 때문은 아니겠죠?"

임 순경의 대답에, 빨랫감처럼 늘어져 있던 지저벨도 입꼬리를 들어올렸다.

"난 웃는남자라고 합니다. 이쪽은 지저벨, 여자 분은 타라. 트리니티라는 프로젝트 팀으로 코페에서 애니메이션을 상영하기로 했습니다."

임 순경이 글러브처럼 투박한 손으로 자신의 얼굴을 감싸 쥐고 그렇지 않아도 큰 눈을 꿈쩍꿈쩍 떴다.

"지금 여러분이 트리니티라고요? 웃는남자, 지저벨 경, 타라. 제가 아는 그 트리니티 맞아요? 이러려고 어젯밤 꿈에 이즈미 쨩이 나타났었구나. 미친다, 진짜. 와우!"

그의 환호와 함께 임 순경의 허리춤에서 무전기 착신음이 들렸다.

"출발."

임 순경이 얼굴에 만연한 웃음을 지워 내지 못하고 알겠다는 대답을 했다.

"근데 지저벨 경은 어쩌다 이렇게 된 겁니까?"

장 경장이 스타렉스 운전대를 잡자, 임 순경도 차에 시동을 걸며 물었다.

"나를 구하려다 감염자 혈액에 넘어졌어요. 아마 미세혈관을 통해 천천히 감염이 진행 중일 겁니다."

임 순경이 아아, 하며 고개를 끄덕였다.

"근데, 웃는남자님 턱장애 있다는 소문 들었는데 멀쩡하시네요."

그의 말에 근대의 얼굴이 붉어지며 목이 뻣뻣해졌다. 그렇지만 예전처럼 팔과 다리에 경련이 오거나 혀가 제멋대로 꼬이며 기괴한 소리를 만들어 내지는 않았다.

"그러고 보니 신기하네요. 웃는남자님, 아까부터 발작이 없어요."

베르세르크의 가츠처럼, 죽음을 불사하고 전장에 몸을 던지면 불구의 몸도 장애가 되지 않는 건가, 근대 자신도 신기한 일이었다.

숙영은 다시 노리쇠를 당기고 사내를 조준했다.

"아깐 빗나갔지만, 이번엔 진짜배기야. 나중에 나도 당신들이 감염자였다고 우기면 그만이라고. 뒤로 물러나."

숙영이 이글이글 타오르는 눈으로 사내를 노려보았다.

사내의 머릿속에선 실적과 목숨, 종교적 신념과 윤리관이 충돌하고 있었다. 사내의 등 뒤에선 총에 맞은 청년이 동료들의 부축을 받으며 계단으로 내려갔다.

"아줌마나 우리나 목적은 같아. 어떻게든 살아남는 거. 그 총 치우고 순순히 따라 나오면 어떻게든 목숨은 지켜 줄게."

사내가 한 발 물러섰다.

"그래, 같아. 그치만 나랑 내 새끼는 죽더라도 인간으로 죽을 거야.

밖에 우글거리는 저 괴물들이나 당신들이나 다를 게 뭐야. 대구빡에 구멍 뚫리기 싫으면 옆으로 물러나."

숙영이 사내에게 총을 겨눈 채로 초희의 손을 끌어당겼다. 아플 정도로 강한 힘이었다. 터널증후군으로 성치 않은 엄마의 손목에서 어떻게 그런 힘이 나왔는지 딸은 의아하기만 했다.

둘은 사내를 중심으로 천천히 반원을 그리며 걸음을 옮겨 현관을 나왔다. 그러고는 형래가 흘린 핏자국 위를 내달렸다. 텅 빈 집에 홀로 남은 사내가 숙영이 웅크리고 있던 싱크대 앞에 엉덩이를 붙였다. 담배 한 대를 입에 물자 쿨럭쿨럭 기침이 터졌다. 아침 내내 미열이 감돌았던 이마가 불덩이처럼 뜨거웠다. 사내는 인간으로 죽긴 글렀군, 혼잣말을 하며 자리에서 일어나 엉덩이를 툭툭 털었다.

연립 앞에는 시동 걸린 오토바이가 서 있었다. 청년들은 형래를 등에 업고 언덕을 내달리는 중이었다. 김치공장에 다니기 전, 찌개 백반 배달원으로 일했던 숙영은 능숙하게 오토바이에 올라탔다. 집 안에 숨어 바깥 상황을 주시하던 숙영의 건넛집 친구가 창문을 열고 그녀를 불렀다.

"근대엄마야! 내 말 똑띠 들으라. 니 다담 달에 계 순번인 거 알제? 죽으면 그거 내가 다 타 묵는 기다. 알긋나."

숙영이 고개를 들어 친구를 일별했다.

"야, 내가 너 좋은 꼴 그냥 두고 볼 거 같냐. 고만 쫑알대고 창문이나 닫어. 기미 껴, 이것아!"

친구가 코를 훌쩍대며 숙영에게 휘적휘적 손을 흔들어 주었다. 숙영은 하나뿐인 헬멧을 초희에게 양보하고, 곧바로 천엽 같은 골목길을 달리기 시작했다. 젊은 시절, 요구르트 판매원으로, 화장품 외판원으로 운동화 수백 켤레를 해 먹은 길이었다. 그 넌덜머리 나는 길을 다시 달리고 있었다. 현정이네 피아노 학원, 학주네 정육점, 당최 애가 안 들어서 환갑이 되도록 새댁이라 불리던 형자언니네 반찬가게. 그 골목 여기저기에서 익숙한 얼굴들이 흉측한 몰골로 나타날 때면 숙영은 믿지도 않는 관세음보살을 찾았다.

산부인과가 있는 건물들은 모두 셔터가 내려졌거나 감염자들이 에워싼 상태였다. 길바닥에서 애를 낳을 수는 없는 노릇이었다.

"엄마, 우리 이제 어디로 가?"

숙영의 등에 붙어 매미처럼 울던 초희가 흐느끼며 물었다.

"우리 서울 가자. 늬 오빠랑 초과도 서울 간댔어. 너도 지성대학병원 가서 애기 낳고 싶댔잖아."

"그럼 우리 그이는"

초희의 물음에 숙영은 입이 막혔다. 사위도 자식이라지만, 딸 없는 사위는 불 없는 화로나 다를 바 없었다.

"진 서방 해병대 나왔다면서. 엽렵한 사람이니 어떻게든 살아남겠지. 넌 니 걱정이나 해. 오토바이에 앉아 새끼 흘려보낼래?"

벼락같은 숙영의 일갈에 초희가 다시 어깨를 들썩이며 울었다.

"길은 알구 가는 거야?"

"내가 인간 내비게이션이다, 이것아. 다른 건 몰라도 늬들이 다 나 닮아서 길눈 밝은 거야."

어둑해져서야 오토바이는 윤슬공원 앞을 지나고 있었다. 어둠이 내린 공원에서 콩 볶듯 총소리가 들렸지만, 모녀는 돌아보지 않았다. 문득, 가느다란 여자의 비명에 숙영의 가슴이 괜스레 벌렁거리기도 했지만, 그 또한 오래가진 않았다.

★

　수도 서울은 군경으로 봉쇄되어 있었다. 초과와 윤재를 태운 지프도 두 겹의 검문소를 통과한 다음에야 시 경계를 넘어 은평구로 들어섰다. 신속한 진압작전 덕에 도심에 가까워질수록 감염자의 머릿수도 줄어들었다. 빨랫감처럼 겹겹이 쌓인 시신이 군용트럭에 실려 어디론가 향하고, 건물 옥상마다 무장한 군인들이 매복해 있지 않다면 그저 한갓진 도시의 여름밤이었다.

　"왜 여태 말 안 했어?"

　내내 잠자코 앉아 있던 초과가 정면을 응시한 채 물었다.

　"일관적인 사람으로 남고 싶었어요. 철없는 플레이보이, 근심 걱정 없는 천둥벌거숭이, 원래의 나 반대편에나 있을 법한 사람."

　"애썼네. 정말 그렇게 보였거든. 다 큰 딸까지 있는 좀비라니, 니 소설만큼이나 오버사이언스다."

　1년 만에 한국으로 돌아온 윤재는 아내와 딸 혜원이 있는 관사에 들어갔다. 그가 현관문을 열었을 때, 아내는 대낮에 목두기라도 본 양 비명을 꺽꺽 지르며 안방 문을 잠갔다. 휠체어 없이는 한 걸음도 떼지 못하던 남편이 3층 계단을 뚜벅뚜벅 밟고 올라와 반듯한 표정으로 자신과 딸의 이름을 부르는 것이 여덟 살 지능인 그녀의 눈엔 도저히 이 세상 사람이라고 믿어지지 않았다. 며칠만 지나면 나아질 줄 알았다. 하지만 아내는 도통 윤재에게 곁을 내주지 않았다. 혜원을 쓰다듬거나 끌어안으면 암범처럼 덤벼들어 아이를 빼앗았고, 부지불식간에 눈이라도 마주치면 벌벌 기며 무릎걸음으로 도망쳤다.

　윤재는 반년 만에 아내와 딸을 떠났다. 사례금으로 받은 돈을 다달이 통장에 넣어 주고, 이따금 딸의 옷가지나 신발을 현관문에 걸어 놓는 것 외엔 해 줄 것이 없었다. 윤재는 무균실에 갇혀 있던 시절보다 더욱 외로워졌다. 그리고 대개의 외톨이가 그렇듯 혼자만의 세계에 침잠해 있다 아주 서서히 깨달아 갔다. 영원한 삶이란 헤어짐의 연속이라는 걸.

　세 차례 정권이 바뀌는 동안, 윤재의 존재는 서서히 잊혀갔다. 실험 당시의 책임자들은 늙어 죽거나 외국에 살며 뒷목이 시뻘게지도록 골프나 치며 흙냄새가 고소해지기를 기다렸다. 그러는 사이 윤재의 신상 정보와 바이러스 샘플은 게으르고 무책임한 후임자들에 의해 폐기 처분되었다.

사례금이 바닥나기 전, 윤재는 속기사, 건축기사, 금융투자분석사 같은 자격증을 따서 닥치는 대로 돈을 벌었다. 외모에 걸맞게 살기 위해 새로운 친구들을 만들어 클럽을 드나들고, 값비싼 바이크와 고급 맨션을 장만했다.

어느덧 혜원은 윤재와 비슷한 또래로 보일 만큼 성장해 의대에 진학했다. 우수한 성적으로 미국에서 박사학위를 딴 그녀는 한국에 돌아와서는 질병관리본부에서 근무했다. 윤재와는 유학 시절부터 화상전화로 안부를 주고받았지만, 직접 만나는 일은 없었다. 혜원은 유치원생 정도의 지능인 엄마로부터 그녀가 태어나기 전 아빠가 중국에 수술을 받으러 갔다 썩어 문드러져 돌아왔다는 괴상한 이야기를 들었다. 어찌나 냄새가 고약하던지 혜원에게 나쁜 병이라도 옮길까 싶어 머리끄덩이를 잡아 내쫓았다고 했지만, 그녀의 눈에 비친 아빠는 썩긴커녕 수십 년째 그대로였다.

그녀는 텔로머레이즈의 염색체 보호 기전으로 학위를 땄지만, 연구를 하면 할수록 아빠의 불로현상은 의학적으로 설명할 수 없는 일종의 기적이라는 걸 깨달았다. 그러나 얼마 지나지 않아 혜원은 아빠에 대한 궁금증을 거둬들였다. 다시 연구를 시작하고 답을 찾아내 학계에 발표할 만큼 한가로운 인생이 아니었다. 그녀가 입술 부르트게 승진시험을 보고, 보고서를 쓰고 결혼과 출산, 이혼과 재결합을 하는 동안 윤재는 시나브로 혜원에게서 잊혀졌다. 언제든 딸의 근무처로 찾아가면 만날 수 있으리란 걸 알았지만, 그는 애쓰지 않았다. 외려 박제처럼 수십 년째 늙지 않는 자신의 모습을 딸에게 보여주는 게 겁이 났다.

그는 주식 투자금과 수익을 인출해 성윤재라는 새로운 신분을 만들었다. 지문이 있는 손가락 첫 마디를 직접 메스로 절개한 뒤 살점을 도려내 봉합했다. 도려낸 손끝에서 새살이 돋아 올라오며, 김준수는 완전히 지워졌다. 자신보다 수십 년 연하의 아가씨들과 혼전만전 연애를 하고, 유행 따라 스타일을 바꾸며 몸과 마음이 내키는 대로 살아왔다. 그러다 만난 사람이 초과였다. 윤재는 초과를 겪으며 종종 딸 혜원을 떠올렸다. 왜소한 체구며, 중성적인 느낌의 얼굴과 예민하고 소심한 성격이 그를 애틋하게 했다.

윤재의 짐작대로 혜원은 최근에서야 아빠의 비밀을 알게 되었다. 페인플루가 확산되자 조급해진 정부가 질병관리본부 창고에 보관된 케케묵은 서류를 모두 재검토하도록 지시했다. 혜원은 그곳에서 한중수교 이전, 비인도적으로 자행되었던 생체시험에 대한 서류 한 뭉텅이를 찾아냈다. 서류 마지막 장에는 아빠 김준수의 사진과 신체정보가 기록되어 있었다. 사진은 처참했다. 근육과 관절이 뒤틀린 사지에 비썩 마른 시험체는 무균실 생활 21일 만에 생명징후를 모두 잃었다. 그리고 10여 분 뒤 심장이 다시 뛰고 혈색이 돌아옴과 동시에 비정상적으로 수축했던 근육이 풀렸다.

그녀는 저울에 올라간 아빠의 오장육부 사진에서 욕지기와 현기증을 일으키다 실신했다. 질병관리본부와 혜원은 백신의 핵심 원료인 윤재의 행방을 찾아 의료기록과 전과기록, 주소지 열람, 촌수를 헤아리기 어려운 친인척까지 수소문했지만 결국 실패였다.

"앞으로 우린 어떻게 되는 거야?"

초과가 물었다.

"질병관리본부는 오송에 있지만, 혜원이가 국립의료원에 있으니 그리로 갈 거예요. 맞죠?"

윤재가 지프 보조석에 앉은 사내에게 물었다.

"원랜 국립중앙의료원으로 모시려고 했지만, 페인플루 의심환자들이 복도까지 점령하고 있어서 어렵게 됐습니다. 함부로 쫓아낼 수도 없는 게 다들 이 나라에서 방귀깨나 뀌는 양반들이 연줄 대고 들어온 거라 의료진만 똥줄이 타는 모양이더군요. 가까운 지성대학병원으로 갈 겁니다."

지성대학병원이라는 말에 초과의 눈이 빛났다. 절묘한 우연처럼 보이지만, 윤재가 이미 혜원이 그곳에 있으리란 걸 짐작하고 있었다. 국립중앙의료원과 인천의료원은 페인플루 확산 조짐이 보였을 때부터 이미 전국의 의심환자들이 몰리고 있다는 뉴스가 보도되었다. 인근에 지성대학병원과 송림의료원 두 곳이 있지만, 지성대학병원이 규모나 시설 면에서도 앞설 뿐더러 격리병동과 부설 바이러스 연구센터가 갖추어진 장소였다. 윤재가 초과의 목적지가 지성대학병원이라는 걸 안 순간, 그녀의 상경을 돕기로 결심한 것은 그곳에서 딸 혜원이 자신을 애타게 찾을지 모른다는 기대와 염려도 한몫을 했다.

"아, 왜 그래요. 내가 유부남이라서 실망했어요?"

윤재가 한껏 너스레를 떨며 주먹으로 초과의 어깨를 툭 쳤다.

"있잖아, 성윤재."

초과가 윤재에게 바짝 다가앉아 귓바퀴를 끌어당겼다.

"너, 이 바이러스랑 무슨 상관이 있는지 자세히는 모르지만 아무래도 피하는 게 좋겠어."

지프가 어느덧 종로를 지나 을지로에 다가서고 있었다. 몇 발의 총성과 비명이 자정 가까운 밤하늘을 찢어 놓았다.

"왜 그렇게 생각해요?"

윤재가 나직이 물었다.

"저 사람들, 아무래도 너한테 무슨 짓 할 거 같아. 정말 딸이 거기 있는 게 확실해?"

보조석에 앉은 사내가 룸미러로 두 사람을 흘깃거렸다.

"선배는 〈드래곤볼〉 결말 생각나요? 〈아기공룡 둘리〉는요? 난 〈은하철도 999〉 결말도 다 까먹었어요. 분명 끝까지 봤는데 말이죠. 결말은 안 중요해요. 왜 그리로 가야 하는지, 뭘 찾아야 하는지가 중요하지."

차창 밖에선 과 티셔츠를 입은 한 무리의 감염자들이 스마트폰에 고개를 박고 느릿느릿 지성대학병원 쪽으로 걸어갔다. 전원이 꺼진 액정을 기계적으로 두드리거나 패턴암호를 풀듯 손가락을 이리저리 밀며 어디로 가야 할지, 뭘 찾아야 할지 모르는 행군을 이어 갔다. 이윽고 군용트럭 한 대가 그들 앞에 다가와 K2 소총으로 감염자들을 조준 사격했다. 초과는 스마트폰을 손에 쥔 십여 구의 시신을 옮기는 군인들 속에서 앳된 이등병의 볼을 타고 흐르는 한 줄기 눈물을 보았다.

"난 결말 다 생각나. 각자 갈 길을 향해 떠나지. 여전히 왜 그리로 가야 하는지, 뭘 찾아야 하는 건지 모른 채로."

어느덧 지프는 지성대학병원 주차장으로 들어섰다. 23층 중 창문에 불이 들어온 곳은 최상층 한 줄뿐이었다. 보조석에 앉았던 사내가 뒷좌석 문을 열고 윤재의 팔뚝을 잡아 일으켰다.

"이 병원 입원환자들은 어떻게 됐죠?"

초과는 본관 입구에 다다를 때까지 환자나 의료진의 모습이 눈에 띄지 않자 불안해졌다.

"일반 환자는 별관으로 옮겼고, 페인플루 감염자들은 130센터로 후송했을 겁니다. 최상층은 의료진과 연구원, VIP 환자만 머물고 있는 걸로 압니다."

사내가 덤덤한 표정으로 대답했다. 초과는 불길한 생각이 들었다. 제시카가 페인플루에 감염되었다면 유이 또한 안전을 보장할 수 없었다.

"130센터로 후송되면 무슨 치료를 받게 됩니까?"

"현재로선 치료라는 게 없어요. 좀비로 변이하기 전에 처분할 수

밖에요."

초희의 고열을 확인하고 집을 나서며 130센터에 신고전화를 걸었던 것이 떠올랐다.

"처분이라면……?"

"살처분, 그리고 소각이죠."

초과가 우뚝 걸음을 멈추었다. 사내의 말대로라면 지금쯤 엄마와 초희는 130센터로 후송되었으리라. 일순간 온몸의 피가 싱크홀로 빠져나가는 것처럼 서늘해졌다.

"어, 저기 김 박사 나와 있네요."

사내가 가볍게 목례를 하며 엘리베이터 쪽으로 걸어갔다. 혜원이 맞인사를 하며 그들을 맞이했다. 파마기가 거의 풀린 단발머리에 무테안경, 가늘고 긴 눈에 또렷이 박힌 다갈색 눈동자, 작고 다부진 코와 입술. 선이 곱다는 것만 빼면 놀랍도록 윤재와 닮은 얼굴이었다.

"오랜만이네요."

혜원이 먼저 말을 건넸다. 윤재의 눈자위가 아주 잠시 붉어지나 싶더니 이내 입아귀를 말아 올려 싱그럽게 웃었다.

"이렇게 직접 만난 건 33년 만인가?"

"어제라 해도 믿겠어요. 아빠 그대로니까."

혜원이 버튼을 눌러 엘리베이터를 열었다.

"전 본부 들렀다 고양시로 넘어갈 겁니다. 아파트 단지가 많아서 일손이 부족하다는군요. 저분은 어디로 모시면 됩니까?"

사내가 초과를 힐긋 바라보며 혜원에게 물었다.

"연구실엔 외부인 들일 수 없어요. 여기 계시든지, 130센터로 가시든지 결정은 본인이 하시죠."

혜원이 사무적인 목소리로 대답했다.

"딸이 이 병원 입원환자래. 네가 좀 도와줬으면 하는데."

윤재가 재빨리 끼어들었다.

"내가 왜 그래야 하죠? 아빠의 애인한테까지 특권을 남용할 만큼 오지랖 넓은 고위직 아녜요, 나."

혜원이 엘리베이터에 들어가 23층 버튼을 누르고 윤재를 기다렸다.

"네가 협조해야 나도 움직여."

윤재가 발로 엘리베이터 문을 지치고 초과의 손목을 틀어쥐었다.

"유이 리, 만 여덟 살, 미국 국적이고 제시카 리라는 보호자와 입원했어요. 딸이 어디 있는지만 알아봐 줘요. 거기가 어디든, 찾아가는 건 신세 안 질게요."

초과의 간절한 부탁에 혜원이 잠시 눈을 감고 눈동자를 굴렸다.

"지하 2층에 외국인진료센터가 있어요. 그리로 가 보세요."

말없이 몇 차례 벙긋거리던 입술에서 대답이 흘러나왔다. 혜원이 자신의 목에 걸린 ID카드와 가운을 벗어 초과에게 던졌다.

"외교 문제로 공권력 투입이 안 된 곳이라 꽤 위험할 거예요. 아마 환자와 감염자가 뒤섞여 있을 겁니다. 생체백신이 완성되면 사람

보낼 게요."

혜원이 멀뚱히 서 있는 윤재의 팔을 엘리베이터 안으로 잡아끌었다.

"마지막인데, 인사 나누세요."

혜원은 목에 가시처럼 걸려 있던 마지막이라는 말을 어렵게 뱉어놓았다.

"마지막?"

초과가 윤재를 올려다보았다. 그가 장난스러운 표정으로 딴청을 피웠다.

"성윤재, 왜 마지막인 거야?"

"모험이 끝났으니까요. 이제 각자 길을 찾아 떠나는 거죠. 내 피와 골수가 원심분리기에 들어가 윙윙 돌면 오늘 밤 내로 생체백신이 완성될 거예요. 그럼 선배의 모험도 끝날 테죠."

마치 마블의 신작 히어로 시리즈를 설명하듯, 윤재의 말투엔 묘한 흥분과 기대감마저 느껴졌다.

"그럼 넌 그걸 알고도 여기 온 거야?"

"난 지금 즐거워요. 사랑하는 딸이 지켜보는 가운데 편안히 눈을 감을 테니까요. 세상을 구하는 건 힘센 슈퍼히어로가 아니에요. 힘 없고 약점 많은 악당들이지. 잘 있어요. 악당은 이만 장렬히 산화하러 갑니다."

윤재가 손을 흔들며 엘리베이터 닫힘 버튼을 눌렀다. 문이 닫히자, 혜원이 그의 손을 끌어다 힘주어 깍지를 끼었다.

"아빠, 왜 나를 위로하는 사람은 아무도 없지?"

윤재의 시선이 혜원을 향했다. 무테안경 너머로 혜원의 깊은 눈동자가 눈물로 여울졌다. 윤재가 혜원을 손을 끌어당겨 조용히 끌어안았다.

"있잖아, 여기."

곧이어 엘리베이터 문이 열렸다. 푸른 수술복을 입은 의료진이 슬리퍼를 끌고 기대에 찬 표정으로 둘을 맞았다. 혜원이 손등으로 눈물을 훔쳐낸 뒤 의료진 사이를 뚫고 연구실로 향했다.

"시험체 도착했습니다. 바이탈 체크하시고, 요추천자 준비해 주세요. 혈액은 500시시 여섯 개 확보하면 됩니다."

그녀를 바라보는 윤재의 눈빛이 따사롭게 빛났다.

근대 일행과 임 순경은 죽이 잘 맞았다.

"덕후는 어디에나 있고, 어디에도 없다는 말 있잖아요. 저 그 말 대따 싫어하거든요. 아니 왜 덕밍아웃하는 걸 창피해 하는지 모르겠어요. 여기저기서 창조경제, 창조경제 하는데 우리나라도 애니에 투자를 좀 해야 돼요. 그래야 덕후들이 창조경제를 하든 말든 하죠."

통제가 강화된 강변북로를 대신해 국도를 탔지만 드문드문 멈춰 선 차들로 길은 아수라장이었다. 임 순경은 혀가 마르게 떠들면서도 요령 좋게 장애물을 비껴갔다.

"몇 시쯤이면 서울에 도착하겠습니까?"

근대가 손목시계를 들여다봤다. 자정에 가까운 시각. 한 시간이면 도착할 거리였지만, 버려진 자동차와 감염자들의 시신을 피하며 달리자니 누구도 시간을 확답하기 어려웠다.

"이 상태라면 아마 두세 시간은 잡아야 하지 않겠어요? 와, 저기 오토바이 좀 보세요. 운전 솜씨 죽이네."

근대가 차창을 열고 고개를 빼 임 순경이 가리킨 국도 옆 샛길을 바라보았다. 가로등도 없는 비좁은 길을 400시시 오토바이 한 대가 무섭도록 내달리고 있었다.

"경장님이 제일 싫어하는 부류가 바이크 타고 깝치는 꼬맹이들이 에요. 막내아들이 폭주 뛰다 반신불수 됐거든요. 저거 저거, 겁도 없이 내달리는 것 좀 보소."

임 순경이 황금색 마티즈를 피하느라 핸들을 깊이 틀었다. 속도가 늦춰지며 오토바이 운전자의 모습도 조금 더 가까워졌다. 임 순경의 짐작과 달리 오토바이 운전자는 폭주 뛰는 꼬맹이들이 아니었다. 파마머리에 알록달록한 상의, 촌스러운 부츠컷의 청바지를 입은 숙영과 회색 잠옷을 걸친 초희였다. 순간 근대의 동공이 블루홀처럼 커졌다.

"칠삼구오 오토바이 운전자, 정지하라. 정지하라. 정지하지 않으면 사격한다."

스타렉스 확성기에서 장 경장의 무미건조한 목소리가 흘러나왔다. 그러나 오토바이는 멈추지 않았다.

"엄마, 멈추라잖아. 엄마!"

초희가 숙영의 허리를 조이며 소리쳤다.

"안 돼. 저 사람들 믿지 마. 너랑 난 자식을 구해야 되는 애미야. 귀 닫어!"

숙영의 주름진 눈가에서 눈물 몇 방울이 바람으로 흩어졌다.

"진짜 총 쏘면 어쩌려고?"

"맞으면 죽는 거고, 안 맞으면 내빼는 거지 뭐. 늬 외할머니가 그랬어. 닥치는 대로 살라고. 뭐 하러 걱정부터 해."

스타렉스가 다시 한 번 확성기로 경고를 했다.

"칠삼구오, 마지막으로 경고한다. 정지하라."

그러나 숙영은 "개갈 안 나는 소리 잘도 지껄이네" 하며 도리어 속도를 높였다.

"겁대가리 없는 것들."

무릎으로 핸들을 고정한 장 경장이 K2소총을 꺼내 들었다.

"운전자가 여자였네. 아줌마 깡 좋다."

아반떼와 평행으로 달리는 오토바이를 바라보며 임 순경이 감탄했다.

"저 사람, 우리 엄마예요!"

"누가요? 저기 칠삼구오 오토바이요?"

임 순경이 동강 난 감염자 시체를 피하며 되물었다.

"엄마아!"

근대가 상체를 차창 밖으로 내놓고 팔을 허우적거렸다. 진로를 바꾸기에 샛길은 고불거렸고, 그 옆은 농수로와 가드레일이 막혀 있으니 몸을 피할 곳도 없었다. 근대는 자신의 몸짓이 엄마를 구해 내지 못하리란 걸 알면서도 멈추지 못했다.

"엄마, 저 사람 오빠 아냐?"

초희가 팔을 휘젓는 근대를 발견하고 숙영의 어깨를 두드렸다. 숙영이 근대를 향해 고개를 돌리는 순간, 장 경장의 방아쇠도 당겨졌다.

'탕!'

총알은 숙영의 오른발을 관통하여 앞바퀴를 터트렸다. 비명조차 지를 새 없이 중심축을 잃은 오토바이가 앞으로 고꾸라졌다. 장 경장이 하얀 앞니를 드러내며 웃었다. 그러나 장 경장의 기대와 달리 오토바이는 전복되지 않았다. 숙영과 초희가 공중에서 한 바퀴를 돌아 바닥에 닿기 직전, 시커먼 그물이 그들을 받아 내 추락을 막아 냈다.

'탕! 타탕, 탕!'

어둠 속에서 새로운 총성 세 발이 스타렉스를 향해 달려들었다. 새카만 그림자 서넛이 큼직한 버즘나무 가로수 두 그루에 묶어 놓은 그물을 찢어 숙영과 초희를 받아 내렸다. 숙영의 너덜너덜한 운동화 아래로 살점이 떨어져 나간 발등이 드러났다. 검은 마스크 버프로 얼굴을 가린 사람들 중 한 명이 능숙한 움직임으로 상처에 소독약을 붓고 붕대를 감았다.

"당신들, 누구야?"

숙영이 초희를 끌어안으며 물었다.

"걱정 마세요. 난 의삽니다."

사내가 마스크 버프를 내리자, 희고 날렵하게 생긴 사십 대 초반의 사내 얼굴이 드러났다.

"일제 사격!"

가로수 위에 웅크리고 있던 사내가 고함을 지르자, 농수로에 숨어 있던 수십 명의 남자들이 국도로 기어 올라와 스타렉스와 아반떼를 향해 총알을 퍼붓기 시작했다.

"웃는남자님, 일단 들어오세요. 위험해요!"

임 순경이 액셀러레이터를 밟으며 소리쳤다. 근대는 어둠과 속력 탓에 엄마와 동생이 살아 있는 걸 확인하지는 못했지만 장 경장의 총알이 숙영의 발등을 관통하는 걸 분명하게 목격했다.

"내려 줘. 가족들한테 가 봐야겠어."

자신이 달려가도 뾰족한 수가 나지 않는다는 걸 알았지만, 두 손 놓고 바라볼 수만은 없었다.

"에잇, 다 죽게 생겼다니까! 우리 이성적으로 생각을 좀 하자고요. 생각을!"

임 순경이 핸들을 꺾어 반동으로 근대를 자리에 앉히곤 차창을 올렸다. 팔과 다리에 경련을 일으킨 근대가 지저벨의 앙상한 어깨에 고개를 기대고 신음했다.

"저 사람들 아재자경단일 거예요. 맞다면, 어머니와 동생은 걱정 하지 마세요. 정말 막강한 팀이니까요."

임 순경의 말이 떨어지기 무섭게 후면 유리창을 뚫고 총알이 날아와 운전석 머리받침에 박혔다.

"아재자경단은 어떤 사람들인데요?"

타라가 깍지를 끼어 자신의 뒤통수를 누르고 물었다.

"아재닷컴 커뮤니티 회원들이죠. 대부분 전문직 종사자들이나 CEO예요. 진보 성향이 강해서 오래전부터 정부에서 예의 주시하는 모임이었어요. 대규모 집회 있을 때마다 피자 치킨 수천 개씩 주문해 보내고, 세월호 사고 때 그쪽에서 모인 성금만 10억 가까이 됐으니까요. 모르긴 해도 장비가 엄청날 거예요. 위성전화에 방탄복, 사제권총이나 엽총도 종류별로 있을 거고, 헬리콥터까지 움직인다는 소문도 들었어요. 어제 자체 비상소집된 인원만 경찰 추산 100명 가까이 돼요. 실제론 더 될 수도 있고요. 시민들까지 합세했다는 첩보가 있어요. 총사령관이 SAS 출신이래요. 왜 있잖아요. 베어 그릴스가 훈련받았다는 그 특수부대."

임 순경의 말은 사실이었다. 아재자경단은 샛길 옆에 숨겨 두었던 카키색 허머에 숙영과 초희를 태웠다. 운전석에 앉아 적외선 망원경으로 국도를 살피던 사내가 사격 중지를 외쳤다. 허머가 울퉁불퉁한 자갈길을 육중한 무게로 누르며 거침없이 앞으로 나아갔다. 그 뒤를 따라 허머 두 대와 랜드로버 석 대가 움직였다. 그들은 고양시 초입에서 한 차례 격전을 치르고 돌아오는 길에 숙영과 초희를 발견하곤 길을 앞질러 그물을 치고 진을 짜 사격을 준비했다. 아파트 단지를 돌며 조이캡이나 경찰이 폐쇄한 지하 시설을 개문해 비감염자들을 구해 내고, 시가지에선 세 번의 총격전까지 치렀다. 그들의 1차 목표는 인천, 고양시, 서울, 의정부 등지에서 모인 팀원들과 시청에 집결해 희생자들의 신원 공개와 정경유착, 부정비리, 집단학살 등에 대한 대규모 시위를 이끄는 것이었다.

"우리 딸이 새벽부터 진통을 시작했어요."

뒷자리에 초희를 무릎에 뉜 숙영이 입을 뗐다.

자신을 의사로 밝혔던 사내가 심각한 표정으로 초희의 맥과 호흡을 세고 목덜미와 이마를 짚었다.

"열은 언제부터 있었습니까? 혹시 감염잡니까?"

의사의 질문에 숙영은 잠시 할 말을 잊고 멍하니 초희의 배를 바라보았다. 그녀는 뱃가죽이 표 나게 들썩거리는 게 보였다. 근대를 낳는 데 꼬박 사흘이 걸렸던 숙영을 닮았으면 내일 아침이나 되어야 몸을 풀 테지만, 그것도 짐작일 뿐 배 속 사정을 들여다볼 수 없으니 누구도 알 길이 없었다.

"사실, 그게……."

"엄마, 의심받게 왜 대답을 안 해. 선생님, 저 페인플루 아니에요. 편도선염 땜에 열나는 거예요. 요즘 같은 때에 병원 가기 겁나서 참았더니 어제부터 염증이 심해졌어요."

식은땀으로 푹 젖은 앞머리를 걷어 내며 초희가 대답했다. 희번득, 결기 어린 눈빛이 숙영의 입을 틀어막았다. 기실 편도선염은 초희의 고질병으로 두 번이나 수술 권유까지 받았지만 겁 많은 그녀에겐 쉬운 결정이 아니었다. 초희가 의사를 향해 입을 벌려 보이자, 벌겋게 부풀어 오른 편도선이 드러났다.

"많이 부었군요. 임신 중 복용할 수 있는 항생제가 있는데, 상비약으로 준비한 거 없습니까."

초희는 대답 대신 배를 감싸 안으며 산통을 호소했다.

"진통 간격은 얼마나 됩니까? 우린 시청으로 가는 길인데, 얼마나 걸릴지는 기약할 수 없습니다."

의사가 가방에서 청진기를 꺼내 초희의 배에 가져다 댔다.

"지성대병원에 내려 주세요. 그때까진, 참을 수 있어요. 나오더라도 틀어막을 자신 있어요."

초희가 숙영의 젖가슴에 얼굴을 묻으며 비명을 삭였다. 총알 자국으로 너덜너덜한 이정표가 37킬로미터 남은 서울을 힘겹게 가리키고 있었다.

✦

　지성대학병원 로비에 서서, 초과는 이동선이 혈맥처럼 뒤엉킨 이동표를 보고 있었다. 감염내과는 파란선, 정형외과는 녹색선, 산부인과는 흰선, 그리고 국제진료과는 두 층 아래 노란선을 따라가라고 적혀 있었다. 각 층은 에스컬레이터로 연결되어 있었지만 운행이 중지되었고 비상계단은 철문으로 막혀 있었다. 초과는 혜원이 던져 준 가운과 ID카드를 목에 걸고 배낭을 고쳐 맨 뒤 철문으로 다가섰다. 철문에 귀를 대어 보니, 가늘고 날카로운 비명 몇 가닥과 묵직한 파열음이 뒤섞여 났다. 비명의 주인이 유이나 제시카일지도 모른다는 생각을 하자 마음이 지글지글 타들어 갔다.

　당겨도 보고 밀어도 보았지만 문은 꼼짝하지 않았다. 초과는 호흡을 가다듬은 다음 문을 꼼꼼히 뜯어보았다. 쇠사슬이나 자물쇠로 잠근 게 아니라면 손잡이 어딘가에 잠금 해제 장치가 있을 터였다. 가로로 설치된 바 형태의 손잡이 밑으로 손가락을 더듬거렸다. 손끝에 버튼식 잠금장치가 느껴졌다. 그녀는 힘주어 버튼을 누르며 철문을 잡아당겼다. 환한 로비와 달리, 철문 안쪽은 비상구 표시등을 제외하곤 컴컴했다. 철컹, 문이 닫히자 침묵했던 어둠이 표독스러운 비명을 지르며 그녀를 맞이했다.

희미한 비상구 표지등에 의지해 초과는 천천히 계단으로 발을 내딛었다. 짝을 잃은 하이힐과 토사물, 휴대전화, 두피째 떨어져 나온 머리카락 한 뭉텅이. 누군가 살기 위해 발버둥 친 흔적들이 초과의 발끝에 툭툭 차였다. 두 층을 내려가자, 소음이 바짝 다가섰다. 비상구 표지등마저 꺼져 나가 계단참은 그야말로 암흑이었다. 영어와 중국어, 국적을 알 수 없는 언어들이 뒤엉켜 생명을 간구했다.

내려오는 데까지는 성공했지만 아무런 호신용품도 없이 철문을 열 자신이 없었다. 그녀는 등에 짊어진 배낭을 내려놓고 지퍼를 열었다. 부순 라면을 보자 뜻밖에 허기가 밀려들었다. 초과는 앞니로 봉지를 뜯어 라면을 입에 쏟아 넣고 우적거렸다. 면생리대 한 묶음, 황사마스크, 나일론 끈, 숫돌, 잭나이프 등속이 그녀의 손에 달려 나왔다. 총이나 정글칼은 아니지만, 번듯한 무기를 구할 수 없는 상황에 숫돌이나 잭나이프는 쓸모가 있어 보였다.

그녀는 부지런히 라면을 씹어 넘기며 숫돌에 나일론 끈을 감았다. 길쭉한 몸통에 칭칭 끈을 감아 여러 번 매듭을 짓고, 반대로 다시 감아 새 매듭을 지은 다음 자신의 손목에 끈을 동여맸다. 한쪽 어깨가 기울만큼 상당한 무게감이 느껴졌다. 잭나이프를 벌려 가운 호주머니에 넣은 뒤 다시 배낭을 메고 남은 라면을 한입에 털어 넣었다. 마지막이 될지도 모르는 식사였다. 자맥질을 마친 해녀처럼 숨을 깊이 끌어당겨 길게 내뿜고 황사마스크를 썼다. 그러고는 머뭇거리는 손을 달래 잠금장치를 해제했다.

제일 먼저 초과의 눈에 들어온 건, 중앙 대기실에 널브러진 간호사 복장의 여자들이었다. 조심스럽게 그들 앞으로 다가간 초과는 뇌수가 터져 유니폼 상의가 흠뻑 젖은 중년 여자와 하얀 신경과 척추만 남기고 목덜미 살점이 모두 떨어져 나간 젊은 여자, 변이를 시작했지만 허리가 부러져 비정상적인 각도로 꺾인 좀비 간호사를 눈으로 훑었다. 좀비 간호사는 초과를 보곤 가지색으로 죽은 혀를 펄럭이며 입술을 끌어당겨 웃었다. 초과는 그녀의 창백한 얼굴과 그로테스크한 미소를 보며 사람들이 그들을 어릿광대라 부르는 이유를 새삼 깨달았다.

"거기, 누구 없어요?"

"애니바디 아웃 데어?"

"헤이, 위 아 스틸 얼라이브. 헬프 미!"

동쪽 방향에서 여러 명의 음성이 들렸다. 초과는 소리가 나는 방향으로 고개를 돌렸다. 긴 복도의 시작은 General Surgery, 일반외과였다. 그녀는 일반외과 진료실 앞에서 걸음을 멈추었다. 문짝이 떨어져 나간 진료실 안에는 은발의 백인 의사가 옷걸이에 넥타이로 목을 매 늘어져 있었다. 감염자에게 물려 좀비가 되기 전, 죽음을 택한 의료인이었다. 손 씻는 용도로 설치된 세면대 수전이 터져 진료실 안과 복도를 적셨고, 부패한 체액과 분변, 토사물의 냄새가 진동했다.

"여기요, 여기! 당신 의사 맞죠?"

여자의 음성이 초과를 지목했다.

일반외과 진료실 옆, 엑스레이 촬영실이었다. 피로 휘갈겨 쓴 듯 보이는 '감염 확진자'라는 글씨가 적혀 있었다. 두꺼운 철문을 두드리는 소리가 다급했다.

"안에 다른 생존자 있어요? 난 열 살짜리 여자앨 찾고 있어요."

초과가 엑스레이 촬영실 문에 대고 외쳤다.

"여기 어린 여자애는 없어요. 어른 네 명뿐이에요. 문 좀 열어줄 수 있어요?"

복도 끝, 치과진료소 방향에서 흑인 노파가 입아귀를 끌어당기며 휘청휘청 걸어 나왔다. 양쪽 무릎관절에 보조기를 댄 노파는 몇 걸음 걷지 못하고 벽에 부딪혀 치마 속을 드러내며 모로 자빠졌다.

"나오지 않는 게 안전할 거예요."

초과가 호주머니 속 잭나이프를 움켜쥐었다.

"우린 곧 죽어요. 모두 페인플루 확진 환자거든요. 어차피 죽는 마당에 꼭 만나야 할 사람이 있어요."

"누굴……?"

"제시카라는 미국인이요. 그 여자가 사람들을 대피시켰어요. 보다시피 여긴 밖에서 문을 잠그는 구조라서 누군가 마지막까지 남아 사람들을 가둬야 했죠."

여자가 끝내 울음을 터트렸다. 여러 국가의 음성과 훌쩍이는 소리가 섞였다.

제시카라는 말에 초과의 손에 식은땀이 났다. 제시카와 유이가 아직 살아 있을지 모른다는 희망에 가슴이 두방망이질 쳤다. 그녀는 출입문 옆 개폐기에 ID카드를 가져다 댔다. 짧은 신호음과 함께 잠금장치가 해제되자, 곧이어 긴 생머리에 교포풍의 짙은 눈 화장을 한 삼십 대 여자와 갈색 머리에 호리호리한 백인 남자, 중국인 청년이 걸어 나왔다. 걸음조차 떼기 힘든 청년의 어머니만이 엑스레이실에 남았다.

"제시카는 지금 어디 있어요?"

초과가 여자에게 물었다.

"우리도 찾아야 해요. 국제진료소엔 여덟 개 진료실과 네 개의 입원실, 수술실, 그리고 엑스레이룸이랑 약제실, 무균실이 있어요. 어쩌면 제가 아는 것보다 많을지도 모르고요."

"혹시 그 여자한테 애가 있단 얘긴 못 들었나요?"

기력이 쇠한 백인 남자와 중국인 청년이 복도 가드레일을 붙잡고 기신기신 앞장섰다.

"초등학교 2, 3학년 정도 된 딸이 있는 걸 봤어요. 그 애 때문에 제시카는 모든 걸 다 바쳤죠."

여자는 남편을 부축하며 지난밤, 국제진료소 안에서 벌어진 일들을 이야기했다.

진료소 안에는 소아병동이 따로 없어 유이는 일본인 주부와 이인실에 입원 중이었다. 입원자들 사이에선 페인플루로 인해 웃는 얼굴의 좀비가 창궐했다는 소문이 돌았지만, 공항이 폐쇄됐다는 소식에 한국 땅을 떠날 희망을 놓아 버렸다. 내원환자뿐 아니라 입원환자와 가족들 중에서도 기침과 발열증상을 호소하는 사람들이 늘어갔다. 격리병상이 마련되지 않은 국제진료소 안에서 가장 안전한 장소는 골수이식 환자를 위한 무균실뿐이었다. 두 개의 무균실 중 하나는 골수은행을 통해 한국 기증자를 찾아 건너온 대만인이 생착을 기다리는 중이었고, 나머지 한 병상은 비어 있었다. 아직 감염 증상이 나타나지 않은 환자들이 무균실에 입실시켜 줄 것을 강력히 요구했으나 간호과장은 페인플루의 잠복기가 일주일에서 열흘인 점을 근거로 '기다려 달라'는 설득만 이었다.

그 무렵, 제시카 역시 페인플루 증상을 나타내기 시작했다. 사태가 심각해지자 병원에선 페인플루 의심환자들을 강제로 수술실에 감금했다. 치료제라며 아침저녁 주사를 놓아 주었지만, 감염자들 모두 그게 광범위성 해열제와 소염제에 불과하다는 걸 알고 있었다.

최초 여섯 명으로 시작했던 수술실 감금자는 하루 반나절이 지나는 동안 열세 명, 열아홉 명, 스물다섯 명이 되었다. 제시카는 수술실 문이 열릴 때마다 유이가 들어오면 어쩌나 가슴을 졸였다.

그러던 중, 수술실 감금자 한 명이 변이를 시작했다. 사십 대 독일인인 그는 순식간에 스물다섯 명 중 여섯 명의 목과 팔뚝에 앞니를 박아 넣었다. 때마침, 새로운 감염자를 감금하려고 문을 연 간호사 역시 독일인에게 얼굴과 목을 물어뜯기고 쓰러졌다. 수술실에 감금되었던 사람들이 우르르 복도를 내달려 출구로 향했지만 이미 대부분의 의료진이 빠져나간 채 문은 잠겨 있었다.

독일인에게 살점을 뜯긴 감염자들은 급속히 변이를 시작했다. 모두 저 살기 바빠 문이 있는 방이라면 어디든 뛰어 들어갔지만 잠그는 방법을 몰라 하나둘 희생되었다. 그때 나선 사람이 제시카였다. 그녀는 감염자들 사이를 누비며 유이를 찾다, 간호사실 옷장 안에 숨어 있는 딸을 발견했다. 그러나 제시카는 유이를 안지 못했다. 그녀 역시 페인플루 보균자이며, 머지않아 변이하리란 사실을 잘 아는 탓이었다.

제시카는 간호사실 옷장을 하나씩 뒤지다 수간호사 옷장에서 ID카드를 찾아냈다. 그녀는 드레싱카에 유이를 싣고 그 위에 여러 겹의 코튼시트를 씌운 뒤, 무균실을 향해 질주했다. 막 변이를 시작한 흑인 노파가 드레싱카에 치어 바닥에 나자빠졌다. 같은 병실에 입원 중이던 일본인 주부가 뛰어와 팔뚝에 앞니를 들이밀었다. 동전만 한 살점이 떨어져 나가고, 진료실에 숨어 있던 간호사들의 팔꿈치에 얼굴을 부딪혔지만, 제시카는 멈추지 않았다. 그렇게 당도한 무균실 앞에서 ID카드로 문을 연 그녀는 유이를 안에 밀어 넣고 다시 문을 잠갔다.

"스테이 풋, 베이비. 마미즈 윌 컴백 투 유. 아이 스웨어."

창문 너머에서 무균실을 지키고 있던 간호사가 놀란 얼굴로 유이를 바라보았지만, 체온과 동공을 관찰하곤 어쩔 수 없다는 표정으로 아이를 받아들였다.

제시카 자신은 국제진료소를 빠져나가지 못하고 변이할 테지만, 만에 하나 친엄마인 초과가 유이를 데리러 올 희망도 버리지 않았다. 제시카가 데리러 오겠다는 말에 'I'가 아닌 'Mommies'라고 한 것도 이 때문이었다.

초과가 국제진료소에 도착했을 때, 모든 사람이 좀비로 변이해 그녀를 공격하게 내버려 둘 수는 없었다. 의사소통이 가능한 비감염자와 변이가 시작되지 않은 감염자, 그리고 좀비로 변한 사람들을 각각 격리하고 초과가 알아볼 수 있게 표시하자고 마음먹었다. 국제진료소 안에는 총 서른여섯 명의 환자와 환자의 가족, 그리고 열한 명의 의료진이 있었다. 그중 스스로 목숨을 끊은 일반내과 의사와 무균실 간호사 두 명, 유이와 대만인, 그리고 살기 위해 도망친 간호사와 의사 다섯 명을 제외하면 총 스물여섯 명이 흩어져 있었다.

제시카는 간호사 데스크로 달려갔다. 데스크 아래에는 중국인 모자가 서로를 부둥켜안은 채 벌벌 떨고 있었다. 그녀는 데스크 한편에 놓인 방송용 헤드셋을 끼고, 복도, 병실, 진료실, 검사실, 수술실, 전체 버튼 중 전체를 눌렀다.

"비감염자가 확실한 사람은 치과 약제실로 이동해 주세요. 감염 증상이 있는 사람은 지금 바로 엑스레이룸으로 이동하세요. 문을 곧 폐쇄할 예정이니 신속하게 지시하는 장소로 이동하세요. 다시 한 번 말씀드립니다."

제시카는 한국어와 영어로 두 차례 방송을 한 뒤, 데스크에 숨어 있는 중국인 모자의 이마를 짚었다. 손바닥이 후끈하게 고열이 느껴졌다. 제시카가 모자를 부축해 일으키느라 허리를 숙이려 드는 순간, 데스크 앞에서 좀비로 변이한 간호사가 젊은 간호사 한 명의 목을 맹렬한 기세로 물어뜯었다. 젊은 간호사가 비명도 없이 몸을 들썩거리며 동료에게 뜯어 먹히는 동안, 원목 의자를 집어 든 중년 간호사 한 명이 조용조용 다가와 좀비 간호사의 등허리에 메꽂았다. 좀비 간호사는 척추가 꺾인 채로 중년 간호사에게 덤벼들어 빽, 소리가 나게 뒤로 자빠뜨렸다. 대리석 바닥에 뒤통수를 부딪힌 중년 간호사는 두개골 골절로 피와 뇌수를 흘리며 절명했다. 좀비 간호사가 '히히힉' 웃으며 그녀의 갈라진 머리에 혀를 밀어 넣고 뇌수를 핥았다.

제시카가 나직하게 '레디, 겟, 셋, 고!'를 외친 뒤 엑스레이실로 뛰었다. 세 명의 확진 환자가 두려움 가득한 눈으로 그들을 맞았다. 제시카는 바깥 상황과 자신이 그들을 분리 감금하는 이유를 짧게 설명한 뒤 엑스레이실 문을 닫았다. 그러고는 다시 비감염자가 기다리는 약제실로 뛰어가 구조할 만한 사람이 올 때까지 나와선 안 되는 이유를 설명하고 문을 잠갔다. 이제 위험에 노출된 사람은 제시카 한 명뿐이었다. 좀비로 변이한 사람들의 질척하게 잠긴 목소리와 발소리에 귀를 기울이며 그녀는 수술실로 들어갔다. 그러고는 수술도구가 든 철제트레이를 들고 다시 엑스레이실로 돌아왔다. 네 명의 확진 환자가 어리둥절한 표정으로 그녀를 바라보았다.

"미안하지만, 누가 내 손톱과 이 좀 뽑아 줘요."

초과에게 제시카 이야기를 전하던 여자가 손바닥으로 입을 막고 울음을 삼켰다.

"그래서, 손톱과 이를 뽑았나요?"

초과가 믿어지지 않는다는 표정으로 삼십 대 여자를 바라보았다.

"만에 하나, 딸이 무균실에서 쫓겨났을 때 다른 사람도 아닌 엄마가 자식을 공격하는 건 용서할 수 없는 일이라고 했어요."

제시카의 마음을 모른 척할 수 없었던 확진 환자들은 그녀가 건넨 발치 겸자를 한 명씩 돌아가며 잡았다. 피가 솟구치고 살점이 떨어져 나갔지만, 제시카는 유이가 자신의 비명에 놀라 공포에 질릴지도 모른다는 생각에 사지를 비틀고 바닥에 발을 구르며 고통을 이겨 냈다.

초과는 그제야 문 앞에 확진 환자라고 흘겨 쓴 글씨가 제시카의 피라는 걸 깨달았다.

"그러고는 엑스레이룸을 나가 문을 잠갔어요. 말을 할 수 없게 되어서 인사도 하지 못했죠. 우린 제시카가 아직 어딘가에 살아 있다고 생각해요. 제시카를 만나 고마웠다 이야기해 주고, 함께 기도한 다음 서로의 정맥에 마취제를 놓을 거예요. 그럼 당신이 우리가 깨어나기 전에 뇌를 파괴해 주세요."

여자의 목소리가 너무도 담담해, 초과가 걸음을 멈추었다.

"당신들이 제시카를 만나서 하겠다는 게 자살이었어요?"

"그게 서로를 구하는 일이죠. 우린 그렇게 뜻을 모았어요. 그러니 매정하게 거절하지 말아 줘요."

복도가 끝나 갈 즈음 쓰러진 좀비 시체 두 구가 나타났다. 두 구 모두 안구 깊숙이 메스와 커트시저가 박혀 있었다. 두개골을 부술 도구를 찾지 못한 제시카는 뇌와 가까운 안구나 귀에 수술도구를 꽂는 방식으로 좀비들을 잠재웠다. 세 구의 좀비 시체를 지나자 비감염자들이 수용된 치과 약제실이 나타났다.

"유 아 오케이?"

여자가 '비감염자'라고 피로 적힌 문을 두드리며 물었다.

"오! 아임 오케이. 제시카 아 유?"

약제실 안에서 수런수런 목소리가 울려 나왔다.

"노, 노, 노. 아임, 채경. 웨어 제시카 이즈?"

여자는 자신의 이름이 채경이라 알려주며 제시카가 어디 있는지를 물었다.

"채경 씨, 살아 있었군요. 저 맞은편 병실 쓰던 에밀리 남편입니다. 아직까진 아무도 감염 증상 없이 잘 견디고 있습니다. 수술실 쪽으로 한번 가 보세요. 10분 전까지 거기서 큰 소리가 났어요. 우리 모두 제시카가 살아 있기를 기도하고 있어요."

한국인 남자가 약제실 생존자 소식과 제시카에 대한 정보를 알려주었다.

"혹시 약제실 안에 마취제 있는지 확인해 주세요."

채경이 남자에게 물었다.

"우리도 만약의 사태에 대비해 찾아봤지만 약품 냉장고가 잠겨있어요. 카드 개폐가 아니고 패스워드 방식이라 포기했습니다."

채경이 실망한 표정으로 마취제를 구할 수 없다고 남편에게 통역하자 그가 손바닥으로 얼굴을 감싸고 '오 마이 갓'을 연발했다.

"니 칸 나비안!"

중국인 청년이 수술실 방향을 손가락으로 가리키며 고함을 쳤다. 그가 가리킨 곳에서 백발이 성성한 백인 노파가 팔꿈치를 밀며 바닥을 기어 나오고 있었다. 두개골에 작은 흠집만 낸 가위가 노파의 관자놀이 부근에 매달려 있다 바닥으로 떨어졌다. 초과는 수술실 안에 제시카가 있다는 확신을 했다. 그녀는 손목 아래로 늘어진 숫돌을 손바닥이 아프도록 단단히 감아쥐었다. 그러고는 노파에게 달려가 그녀의 정수리를 힘껏 내리찍었다. 두개골이 함몰되자 코와 눈에서 핏물이 흘렀다.

"제시카 만나러 갈 사람은 따라와요."

초과가 자신의 얼굴에 튄 노파의 피를 닦아 내고 채경 일행에게 물었다.

채경의 남편이 걸음을 떼자, 채경과 중국인 청년도 뒤를 따랐다. 초과는 핏물이 뚝뚝 떨어지는 숫돌을 손에 쥐고 수술실 앞에 섰다. 버튼을 눌러 자동문을 열자, 한 구의 시체를 뜯어먹던 여중생 정도의 좀비가 그들을 노려보았다. 초과는 그들이 이미 죽은 사람이라고 수없이 되새김했지만, 분노와 슬픔이 완전히 사라진 것은 아니었다. 여중생이 뺨과 입술을 씰룩거리며 벽을 잡고 일어나 일행을 향해 다가왔다. 초과가 다시 한 번 좀비를 향해 숫돌을 휘둘렀다. 얼굴을 강하게 가격당한 좀비는 광대가 함몰하고 코가 주저앉았지만 치명상은 아니었다. 엉덩방아를 찧고 모로 누워 버둥거리는 그녀에게 초과가 성큼 다가섰다.

"난 환생 같은 거 안 믿지만, 만약 그런 게 있다면 어서 죽고 다시 태어나."

나직이 읊조린 초과가 주머니에 넣어 두었던 잭나이프를 꺼내 그녀의 관자놀이에 꽂고 체중을 실어 눌렀다. 순간, 섬뜩하게 웃던 좀비의 얼굴이 평화롭게 이완되었다.

초과는 자신이 죽인 좀비를 뛰어넘어 개폐기에 ID카드를 가져다 댔다. 지나치게 경쾌해서 불쾌하다 느껴지는 신호음과 함께 수술실 문이 열렸다. 한 발을 내딛자마자 시체가 밟혔다. 수술실을 휘돌아보았다. 관자놀이나 귀, 눈에 수술도구가 박힌 채 죽은 좀비 시체들 사이로 자그마한 체구의 여자가 바들바들 떨고 있었다. 여자가 손에 쥔 겸자를 힘겹게 들어 올리며 초과를 바라보았다. 제시카였다.

★

    아재자경단이 멀어지는 모습을 바라보며 장 경장은 셔츠 앞주머니에서 오닉스 펜던트를 꺼내 매만졌다. 심명교 신자라면 누구나 갖고 있는 오닉스 펜던트는 육신과 영혼의 영원한 안식을 의미했다. 그는 들뛰는 심장 위에 펜던트를 가져다 대고 교주로부터 사사받은 치유의 호흡법으로 마음을 잠재웠다. 머리가 맑아지며 몇 시간 전의 결정이 어리석었음을 깨달았다. 아이패드에 담겼다는 시험체의 신상정보라는 것이 실재하는 것인지 확신할 수도 없거니와 설령 있다 하더라도 그들 중 한 명을 인질 삼아 패스워드를 불도록 겁박하면 그만인 일을 귀빈처럼 서울까지 에스코트하고 있는 꼴이었다. 장 경장은 펜던트를 앞주머니에 돌려놓고 무전기를 들었다.

    "임 순경, 차 세워."

무전을 받은 임 순경이 근대를 돌아보았다.

"장 경장 왜 저러는 거 같습니까?"

근대가 경련을 일으킨 팔을 주무르며 물었다.

"작전을 바꾼 게 아닐까요. 무력으로라도 정보를 빼앗으려는. 근데 아이패드에 정말 시험체 신상정보가 있긴 한 거예요?"

임 순경이 속도를 늦추며 물었다.

근대는 임 순경이 무슨 꿍꿍이를 품고 있는지 짐작할 수 없었다. 사실대로 말을 했다가는 이마에 총알구멍이 날 수도 있었다.

"안 돼, 차 멈추지 마요."

조수석에 타고 있던 타라가 자신의 허리춤에 차고 있던 모조 글록을 꺼내들어 임 순경을 조준했다. 립스틱 테두리만 남은 창백한 그녀의 입술이 간단없이 떨렸다.

"그거 내려놔요. 같은 덕후끼리 뭐하는 겁니까? 밀덕질은 저도 잠깐 했다고요. 그거 미국경찰들이나 들고 다니는 거지 우린 무조건 리볼버예요. 어차피 멈출 생각 없었어요."

임 순경이 속도를 늦춘 건, 중앙차선을 가로막고 멈춰 선 1톤 트럭 때문이었다. 그는 진작부터 근대 일행과 함께 행동하리라 마음먹었다. 취미 활동을 꾸준히 이어 나가려면 안정적인 직장이 필요해서 선택한 직업이 경찰이었다. 운이 좋아 재수 끝에 합격했지만, 오늘 그가 보는 앞에서 머리통이 날아간 감염자만 서른 명이 넘었다. 그 중엔 감염자를 가족으로 둔 비감염자와 겨우 걸음마를 뗀 어린아이도 섞여 있었다. 이대로 가다간 오늘 밤 내에 임 순경 자신도 무고한 사람들에게 총부리를 겨누어야 할지 몰랐다. 감염자를 모두 사살해 판데믹이 진정된다 하더라도 결코 자랑스럽지 못할 행동을 그는 저지르고 싶지 않았다.

"경찰복 벗으면 동대문에 하꼬방이라도 얻어서 굿즈 매장 하나 내려고요. 좋아하는 일 하고 살아야죠. 이제 임 순경이라고 부르지 마시고, 엔젤비트라고 불러 주세요. 그게 카페 닉넴이거든요."

임 순경, 엔젤비트의 말에 타라가 손에 쥐고 있던 글록을 내려놓았다.

아반떼가 날렵하게 1톤 트럭을 슬쩍 피해 달려 나가자, 지켜보고 있던 장 경장의 심장이 다시 요동쳤다. 그가 무전기를 부서져라 감싸 쥐고 엔젤비트를 불렀다.

"임 순경, 항명인가? 정지하란 말이야, 이 버러지 새꺄!"

호통을 치는 장 순경의 턱이 덜덜 떨렸다.

"경장님, 죄송하게 됐습니다. 저 이 친구들이랑 같이 목숨 걸고 놀러 가요. 사직서는 돌아와서 쓰겠습니다."

무전을 마친 엔젤비트가 차창을 열고 무전기를 내던졌다. 스타렉스에서 요란한 경적이 울렸지만, 아반떼는 뒤돌아보지 않았다.

"있죠, 저 장 경장 뒷담화 하나 깔게요. 도저히 입이 간지러워서 못 견딜 거 같거든요. 사실 장 경장, 아니 장현석 그 인간이 이번 사건 최초로 방아쇠를 당긴 경찰이었어요. 감염자들이 배회한다는 신고

들어오자마자 황수택 치안총감한테 전화를 걸더라고요. 둘 다 심상 치유명인교 간부라고 소문이 짜했는데, 수렵철만 되면 아삼륙으로 라이플 들고 멧돼지, 고라니 잡으러 다녔어요. 잡은 놈 피 뽑아서 박카스에 타 먹는 걸 얼마나 좋아했는지 몰라요. 손맛, 피 맛에 환장하는 장 경장이 치안총감한테 발포 명령을 부탁한 거죠. 그러고선 바로 뛰쳐나가 경찰서 앞에서 비틀거리는 아저씨 머리통을 날려 버렸어요. 제가 봤을 땐 분명 취객이었는데 말이죠. 술 냄새가 진동을 했거든요. 하도 들들들, 볶아대서 심명교 교리 공부하러 3개월 끌려다닌 걸 생각하면, 아후!"

엔젤비트가 차창을 열고 가래침을 돋워 뱉었다. 근대는 장 경장의 다음 행동이 궁금했다. 실적 때문이든, 개인적인 호기심 때문이든 잡았다 싶은 큰 놈이 절름거리는 발로 코앞에서 도망치는 모습을 보며 그는 어떤 표정을 지을까. 그때, 지저벨이 무릎에 올려놓았던 손을 근대의 손등에 떨어뜨렸다. 서늘하고 축축했다.

"지저벨 경의 상태가 좋지 않아. 체온도 맥박도 떨어지고 있어."

자신이 한 폭로가 꽤 마음에 들어 싱글벙글하던 엔젤비트가 룸미러로 지저벨의 낯빛을 살피곤 얼굴을 굳혔다.

"여기서 1.5키로만 더 가면 지하도로가 나와요. 그다음엔 갈래길이 나오는데, 오른쪽이 송추 방향이고 왼쪽은 서울 방향이에요. 장 경장은 당연히 우리가 서울 방향으로 갔을 거라고 생각하겠죠. 송추 방향으로 가서 한숨 돌리고 다시 방향을 틀기로 해요."

엔젤비트의 말대로 얼마 지나지 않아 지하도로가 나타났다. 500미터가량 뒤처진 스타렉스 보란 듯이 깜빡이를 켜고 지하도로로 진입했다. 그러고는 얼른 방향을 틀어 송추 방면으로 접어든 뒤 불 꺼진 편의점 앞에서 시동을 껐다.

"지저벨은 어쩔 셈이에요?"

타라가 젖은 눈으로 물었다.

근대와 엔젤비트의 생각은 같았다. 지저벨은 머지않아 변이를 일으킬 터이고, 모두의 안전을 위해선 그를 이곳에 버리거나 격리하는 수밖에 없었다.

"나…… 가고 싶어요. 코페."

흐리멍덩한 눈, 창백하다 못해 푸르스름해 보이는 피부의 지저벨이 꺼져 가는 목소리로 말했다.

"그래, 꼭 데려갈 거야. 불편하겠지만 자리를 트렁크로 옮겨도 괜찮겠나, 지저벨 경."

근대가 지저벨의 어깨를 두드리며 물었다. 지저벨이 희미하게 미소 지으며 고개를 끄덕였다. 스타렉스가 서울 방향으로 접어든 걸 확인한 엔젤비트가 안전벨트를 풀고 운전석을 벗어났다. 그는 지저벨 쪽 차문을 열고 무릎을 접어 등을 내주었다.

"제…… 좀…… 비가 되……."

말매듭을 짓지 못하고 지저벨이 의식을 잃었다. 그의 고장 난 심장도 작동을 멈추었다. 지저벨이 마지막으로 하고 싶었던 말을 세 사람은 알 것 같았다. 애니메이션 〈산카 레아〉에서 주인공이 좀비로 변이하기 전 한 대사였다.

'제가 좀비가 되면 책임져 줄 거란 말이죠?'

근대가 지저벨의 겨드랑이에 손을 넣어 엔젤비트의 등에 업혀 주었다. 끅끅, 울음을 삼키며 타라가 차에서 내려 트렁크를 열었다. 그녀는 채 조립이 끝나지 않은 프라모델들과 지저벨이 가장 좋아하는 모빌슈트 AGE-1 완제품을 옆으로 가지런히 밀어냈다. 엔젤비트가 지저벨을 트렁크에 뉘었다. 근대는 지저벨의 흐트러진 넥타이를 고쳐 매고, 제복 앞 단추를 잠가 주었다. 타라가 눈물을 닦고 지저벨의 창백한 뺨에 입을 맞추었다. 그러자 감겼던 그의 눈이 사뿐 뜨이며 굳어 가던 뺨이 강하게 실룩거렸다. 곧이어 입꼬리가 말려 올라가 지저벨의 조잡한 치열이 환하게 드러났다. 변이가 시작된 터였다.

"이따 만나세, 지저벨 경."

지체할 시간이 없었다. 근대가 트렁크를 닫고 멍하니 잠시 서 있다 뒷좌석으로 돌아갔다. 오열하는 타라를 엔젤하트가 부축해 보조석에 태웠다. 트렁크 안에서 고통스러운 몸부림과 괴성이 들리자, 근대의 미간이 좁아졌다. 어둠 속에서 타라의 가녀린 어깨가 파르르 떨렸다. 엔젤비트가 시동을 걸고 서울 방향으로 차를 몰았다.

한참을 달려도 아반떼가 보이지 않자 장 경장은 자신이 잔꾀에 넘어갔다는 사실을 깨달았다. 그는 갓길에 차를 멈추고 다시 펜던트를 꺼내들었다. 앞질러 간 게 아니라면 우회를 선택했을 가능성이 높았다. 송추 방향 어딘가에 차를 세워 놓고 기다리거나, 은평구 쪽으로 진로를 바꿨을 수도 있었다. 장 경장은 다시 송추 방향으로 차를 돌렸다. 그때, 유치원생과 초등학교 고학년 정도로 보이는 아이들이 그의 눈에 들어왔다. 고학년 여자아이가 유치원생 사내아이를 등에 업고 다가왔다. 여자아이의 무릎은 상처로 움푹 팼고, 사내아이는 잠이 들어 꿈쩍도 하지 않았다.

"아저씨, 저희 차 좀 태워 주세요. 동생이 아파요. 얜 넘어져서 다리가 부러진 거지 둘 다 감염자는 아니에요. 위탁가정에 있었는데 다른 애 한 명이 좀비가 돼서, 도망쳐 나왔어요."

여자아이가 스타렉스 운전석에 다가와 말을 붙였다. 장 경장이 여자아이의 얼굴을 빤히 바라보았다. 그는 소녀가 거짓말을 하고 있다고 믿었다. 소녀의 옆구리에 붙은 사내아이의 발목은 부기조차 없이 말끔했다.

"니 동생은 이제 아프지 않아. 너도 곧 그렇게 될 테고."

차갑게 뇌까린 장 경장이 차창을 올리려는데, 상처로 뒤덮인 소녀의 손이 차 안으로 불쑥 들어왔다. 가느다란 손목이 창문에 끼었다.

"아저씨 경찰이죠? 경찰은 어려운 사람 도와주는 사람이잖아요. 그렇잖아요!"

소녀의 당돌한 태도에 눌러 놓았던 장 경장의 분노가 다시 끓어올랐다. 그가 창문을 열어 소녀의 팔목을 놓아주었다.

"그래, 난 위협으로부터 시민을 지켜 내는 경찰이지. 바쁘지만 도와주고 갈 수밖에 없겠구나."

소녀가 몸을 들썩해 늘어진 동생을 추어올리고는 고개를 끄덕거렸다.

"차를 돌려야 하니 다섯 걸음만 뒤로 물러나 주겠니?"

장 경장의 부탁에 소녀는 갓길을 향해 뒷걸음질을 쳤다. 소녀가 걸음을 뗄 때마다 장 경장은 잘하고 있다는 듯 고개를 끄덕이며 부드럽게 미소까지 지어 보였다. 소녀가 적당한 거리에서 걸음을 멈추자, 장 경장이 K2 소총을 집어 들었다.

"잘했다. 네 동생은 좋은 누나를 두었구나. 이제 내가 도와줄 차례네."

소녀가 안도의 한숨을 쉬며 함박 웃어 보였다. 그 순간, 장 경장이 소녀를 향해 소총을 발사했다. 총알은 소녀의 어깻죽지를 관통했다. 그는 한 번에 일을 처리하지 못한 자신을 원망하며 차에서 내려 쓰러진 소녀에게 다가갔다. 그러고는 소녀의 가슴에 발을 올리고 총구를 이마에 조준했다.

"정말 착한 아이라면 어른한테는 항상 공손해야 돼. 우린 다 그렇게 컸어. 알겠니?"

총알이 어둠과 소녀의 머리를 한 호흡에 관통했다. 가뜩이나 붉은 장 경장의 얼굴이 후끈 달아올라 흡사 야차처럼 보였다. 그는 발로 소녀를 뒤집어 등 뒤에 깔린 사내아이의 머리에 총알을 박은 뒤 분노의 괴성을 내질렀다.

극도로 흥분한 장 경장은 느끼지 못했지만 소녀의 머리가 관통된 순간 멀찍이서 근대 일행이 이를 목격하고 있었다. 동료를 잃은 슬픔이 채 가시기도 전, 장 경장의 만행을 지켜본 그들은 더 이상 도망가거나 피하지 않기로 암묵했다.

"엔젤비트, 권총 좀 빌려 주겠나?"

근대가 엔젤비트의 어깨 너머로 손을 내밀었다.

"웃는남자님, 이거 쏠 줄은 아시죠?"

"군대 시절 특등사수였어."

근대의 눈이 괴성을 지르며 소녀의 옆구리를 걷어차는 장 경장에게 꽂혀 있었다. 엔젤비트가 근대의 손에 리볼버를 넘겼다.

"하이빔 좀 켜 주지."

근대가 뒷좌석 문을 열며 말했다. 하이빔을 켜자, 장 경장이 손바닥으로 눈가를 가리고 아반떼로 눈을 돌렸다. 근대가 팔을 치켜들고 방아쇠를 당겨 두 발의 공포탄을 소모했다.

"장 경장, 당신!"

근대의 몸에서 긴장을 누르는 아드레날린이 솟구쳤다. 장 경장이 근대를 보고 재빨리 K2 노리쇠를 당겼다.

"그만 순직하는 게 좋겠어."

두 사람의 방아쇠가 동시에 당겨졌다. 경박스러운 총성이 울리자마자 근대와 장 경장이 뒤로 풀썩 쓰러졌다. 타라가 차에서 내려 근대에게 뛰어갔다. 그의 왼쪽 상완에 총알이 스치며 살점이 두부처럼 으깨졌다.

"선택받은 자의 육신은 죽지 않아. 난 그분이 지켜 주신다."

쇄골께 총알이 박힌 장 경장이 옷 위로 펜던트를 어루만지며 K2를 들고 일어섰다. 엔젤비트가 경적을 짧게 울려 타라와 근대를 각성시켰다.

"아, 저 재수 없는 꼰대. 이봐, 당신의 그분이 빨리 오라는 소리 안 들려?"

타라가 장 경장을 향해 욕을 퍼붓고는 근대의 손에서 리볼버를 빼앗아 장 경장을 조준했다. 먼저 방아쇠를 당긴 건 장 경장이었지만 이미 부상을 입은 탓에 총알은 아반떼의 범퍼에 박혔다. 타라가 성큼성큼 걸어가 장 경장과의 거리를 좁혔다.

"지저벨이 당신 이름으로 예약해 놨어. 그분 곁, 지옥에서 가장 뜨거운 자리로."

장 경장은 피 섞인 묽은 침을 흘리며 타라를 향해 총을 겨누었지만, 이번엔 그녀가 더 빨랐다. 타라의 총알이 장 경장의 빗장뼈를 파고들어 정확히 심장을 관통했다. 셔츠 앞주머니에서 산산조각 난 오닉스 펜던트가 혈액과 섞여 흘러나왔다.

근대가 한쪽 팔을 늘어뜨리고 타라에게 다가와 성한 팔로 그녀를 끌어안았다. 그녀는 근대의 품 안에서 활어처럼 파득거리며 울었다. 그들은 해야 할 말을 아끼고, 나란히 뒷좌석에 앉았다. 트렁크에선 지저벨이 환호하듯 퉁탕거리며 괴성을 질렀다. 엔젤비트가 액셀러레이터를 밟아 장 경장의 시체를 타 넘어 다시 국도를 달렸다.

서울이 가까워지며 검색대가 늘었다. 10킬로미터마다 한 번씩 검색대를 통과해야 했고, 그때마다 엔젤비트의 경찰신분증이 유용하게 쓰였다. 피곤한 기색이 역력한 엔젤비트는 잠을 쫓으려 근대에게 〈여신의 하루〉에 대해 물었다.

"제목은 왜 〈여신의 하루〉예요?"

"여신에게 시간은 영원하니까. 낮도 없고 밤도 없이 끝없는 하루일 뿐이잖아. 영원히 저물지 않는 어떤 날."

근대가 아스라한 눈빛으로 앞선 군용트럭에 마네킹처럼 실려 가는 원피스 차림의 처녀를 바라보았다.

"헤에에? 상당히 로맨틱한 얘긴 줄 알았는데."

"인간의 아이를 가지면 여신도 인간이 되는 설정이에요. 사랑하는 남자의 아이를 낳는 순간 젊고 아름다운 여신의 모습은 사라지고 인간처럼 서서히 늙어 가죠. 그렇지만 여신은 노화나 죽음을 두려워하지 않아요. 흰머리와 주름이 늘어 가고, 수다와 주책, 노환을 갖게 되죠. 그리고 자손들이 지켜보는 가운데 평화로운 밤을 맞이한다는 얘기예요. 말하고 나니 완전 스포네요."

상념에 빠진 근대 대신 타라가 대답을 했다.

〈여신의 하루〉에 가장 큰 영감을 준 사람은 다름 아닌 숙영이었다. 아버지의 유품을 정리하다 낡은 가죽 가방에서 곰팡이 핀 앨범을 발견한 근대는 숙영의 젊은 시절 사진을 보고 충격에 사로잡혔다. 갸름한 얼굴에 흰 블라우스, 얌전한 길이의 개더스커트를 차려입은 갓 스무 살의 숙영이 수줍은 눈망울로 카메라를 바라보고 있었다. 하단에 찍힌 연월일은 근대가 태어나기 8개월 전 봄이었다. 부모의 결혼기념일이 여름인 걸로 미루어, 근대는 자신이 속도위반으로 태어났음을 뒤늦게 짐작했다. 그는 궁금했다. 사진이 찍혔을 당시 숙영이 자신의 배 속에 생명이 자라고 있다는 걸 눈치채고 있었는지. 그러나 묻지 않았다. 만에 하나 원하지 않았던 임신이었다면, 자신이 볼모가 되어 열 살이나 연상인 데다 집 한 칸 장만할 능력 없는 비루한 남자의 호적에 마지못해 이름을 올린 것이라면, 숙영의 칠자만도 못한 팔자의 책임이 모두 근대 자신의 것이 되어 버리는 건 아닌지 더럭 겁이 났다. 어쩌면 여신 같던 엄마가 인간의 씨앗을 받은 죄로 볼품없고 우악스러운 아줌마가 되어 버렸는지도 몰랐다. 근대는 의자 밑에 구겨 둔 배낭을 꺼내 〈여신의 하루〉가 들어 있는 외장하드를 애틋하게 매만졌다.

한남동에 진입하자, 도로 곳곳에 미처 수습하지 못한 시신들이 흰 방수천을 뒤집어쓴 채 무더기로 쌓여 있었다. 골목마다 무장한 군인들이 매복해 있었고, 고층 아파트엔 생존자들이 구조를 요청하는 깃발을 흔들거나 군인과 경찰을 향해 욕설과 고함을 퍼붓기도 했다. 경부고속도로를 타고 양재IC에서 염곡사거리 쪽으로 방향을 틀자 대대적인 검문이 기다리고 있었다. 정지 수신호를 보낸 경찰이 아반떼 운전석 창문을 두드렸다.

"하이, 수고 많으십니다. 교통상황 원활하죠?"

엔젤비트가 너스레를 떨며 콘솔박스 위에 올려놓았던 경찰신분증을 그에게 건넸다. 경찰이 뒷좌석에 앉은 타라와 근대를 유심히 살폈다.

"뒤에 두 분도 신분증 보여주시겠습니까?"

경찰이 창문 틈으로 팔을 집어넣어 손을 벌렸다. 그의 말투에 은근한 짜증이 섞여 났다. 깨진 후면 유리와 경직된 표정의 탑승자들이 경찰의 눈에는 영 수상쩍어 보였다.

"에이, 같은 경찰공무원끼리 절차 좀 생략합시다. 뒤에 두 분 저희서 경위님, 경사님이세요."

엔젤비트가 호주머니에서 하츠네 미쿠가 프린트된 손수건을 꺼내 얼굴의 땀을 닦았다.

"강남지부 아재자경단이 오늘 중 이동한다는 첩보가 있어 그렇습니다. 이 판국에 오타쿠들이 AT센터로 몰려들고 있어요. 그러니 협조해 주십시오."

경찰이 강경한 태도로 다시 신분증을 요구했다. 때마침 지저벨의 괴성과 몸부림이 격해지며 뒷좌석이 들썩거렸다.

"아, 트렁크 먼저 확인해도 되겠습니까."

경찰이 트렁크 쪽으로 이동했다.

"거긴……!"

어쩔 줄 몰라 발만 구르는 엔젤비트를 대신해 근대가 차에서 내렸다.

"거긴, 감염자가 들어 있습니다."

근대가 흔들리지 않는 눈빛으로 단호하게 말했다.

"왜 감염자를 처분하지 않고 트렁크에 넣으셨죠?"

경찰이 무전기에 손을 가져다댔다.

"방금 전 본부로부터 AT센터에 감염자를 풀어 놓으라는 명령을 받았습니다."

근대의 대답에 경찰이 피식 웃었다.

"대체 누가 그런 말도 안 되는……. 확인하게 책임자 부서와 이름 말씀해 주세요."

"책임자, 장현석 경감, 최고책임자 황수택 치안총감."

치안총감의 이름이 나오자, 당황하는 기색이 역력한 경찰이 얼른 주변을 두리번거렸다.

"혹시 경위님도 심명교 사도님이신가요? 그럼 안에 든 게 씨앗이란 얘기네요?"

근대는 심명교에 대해선 귀동냥으로 사전 지식이 있었지만, 경찰이 말하는 '씨앗'이라는 단어의 의미는 짐작하지 못했다.

"아휴, 진작 씨앗이 들었다고 말씀하시지 그러셨어요."

'씨앗'의 힘은 대단했다. 경찰은 정중한 태도로 돌변해 차 문까지 열어 주고 근대에게 경례를 붙였다. 멀찍이 떨어져 다른 차량을 검문하던 동료 경찰도 얼결에 아반떼를 향해 경례를 붙였다.

근대가 차로 돌아오자 엔젤비트가 작게 환호성을 지르며 이를 드
러내 웃었다.

"웃는남자님, 어떻게 된 거예요?"

"책임자를 묻기에 치안총감과 장 경장의 이름을 댔더니, 트렁크에
든 게 씨앗이냐고 묻더군. 엔젤비트, 씨앗이라는 말이 무슨 뜻인지
아나?"

엔젤비트가 볼록 나온 배에 손을 얹고 킬킬 웃었다.

"저도 어설프게나마 교리 공부를 해서 들어 봤어요. 씨앗이란 건,
오래전에 죽은 심명교 1대 교주가 지옥에서 끌어낸 사자를 의미한
댔어요. 종말이 임박하면 씨앗이 움터 이빨과 가시가 달린 흉측한
나무로 성장한다는 구절이 있거든요. 불신자들에게 씨앗을 던져 주
면 지옥문이 열려 그들을 빨아들인다고 해석해 줬어요. 아까 그놈
생각엔 우리가 AT센터에 모인 오덕들한테 씨앗 배달을 하러 간다
고 생각한 모양이에요. 경찰 중에도 심명교 신자는 많거든요."

엔젤비트는 거리를 활보하는 사람들 중 군인과 경찰을 제외한 나
머지가 모두 심명교 자회사인 조이캡 직원들이라고 설명을 덧붙였
다. 그들은 130센터에 신고된 환자들을 일일이 찾아가 소각장으로
옮기는 운반책이라고 했다.

"페인플루 검사키트라는 거, 사실 없어요. 리트머스지 같은 거에
플라스틱 용기 하나 덜렁 덮어 놓은 거죠. 정부가 세운 유일한 대책
은 감염자든 감염의심자든 조금만 이상증상이 있어도 감금하거나

살처분하는 거밖에 없어요."

조이캡 회사 로고를 흰 스티커로 덮은 차량들이 간간히 눈에 띄었다. 피곤한 기색이 역력한 군경과 달리, 조이캡 직원들의 표정엔 흥분과 환희가 깃들어 있었다.

AT센터 앞에 도착하자, 어둠이 걷히고 희뿌연 아침이 밝아왔다. 긴 여정이었다. 엔젤비트가 텅 빈 버스정류장 앞에 차를 세웠다. 이르긴 했지만, 여느 해 코페라면 전날 밤부터 찾아와 텐트를 치거나 돗자리를 편 오타쿠들로 활기를 띨 시간이었다. 그러나 센터 주변엔 소총을 든 군인들뿐이었다.

"결국 이렇게 되어 버렸네, 지저벨."

타라가 지저벨에게 안기듯 뒷좌석 시트에 귀를 붙이고 뺨을 비볐다. 웬일인지 쉬지 않고 몸을 뒤채던 지저벨도 잠잠했다.

"웃는남자님, 이럴 리 없잖아요. 우리 화력이 이 정도뿐일 리 없는 거잖아요."

엔젤비트도 핸들을 이마로 찧으며 울 것 같은 목소리로 탄식했다. 실망하긴 근대도 마찬가지였다. 이대로라면 돌아갈 곳도 없었다. 근대가 습벅한 눈을 비비고 센터를 둘러싼 군인들을 찬찬히 훑어보았다. 그들이 걸치고 있는 군복은 통일성이 없었고, 들고 있는 무기도 국군현용장비들과는 조금씩 달랐다. 어깨에 메고 있는 소총들은 메탈이라고 하기엔 너무 가뿐해 보였다. 심지어 군인들 중에는 미군 군복이나 2차 세계대전 당시 영국군이 입었던 군복도 섞여 있었다.

"잘 봐! 저 친구들, 진짜 군인이 아냐. 밀리터리 코스어들이라고."

근대가 흥분을 감추지 못하고 차에서 뛰쳐나갔다. 순간, 빨간 조준점 서너 개가 근대의 가슴으로 몰려들었다.

"제군들, 수고가 많소. 나 웃는남잡니다."

근대가 코스어들에게 힘껏 팔을 휘저었다. 그러자, 군인들 뒤편에서 웅성거리는 소리와 함께 검은 위장막이 벗겨졌다. 웅크리고 있던 밀리터리 코스어들이 근대를 향해 손을 흔들어 보였다. 어느새 차에서 내린 엔젤비트와 타라도 근대의 옆에서 믿을 수 없다는 표정으로 손을 흔들었다. 밀리터리 코스어 몇 명이 근대 일행을 향해 달려왔다.

"오늘 애니 상영하시는 분이시죠? 오실 거라고 믿었습니다."

탄탄한 근육의 중년 코스어가 근대에게 악수를 청했다.

"어떻게 AT 센터를 사수한 겁니까?"

근대가 코스어의 손을 마주 잡고 물었다.

"다 아재자경단 덕분입니다. 저희 쪽 코스어 중 몇 분이 아재자경단 단원인데, 아침 일곱 시까지 행사 끝내는 조건으로 가드해 주고 계세요. 끝나면 다 같이 시청으로 이동해 시위에 동참할 겁니다."

코스어가 몸을 돌려 손가락으로 센터 곳곳에 몸을 숨긴 자경단 저격수들을 짚어 주었다.

"이동 수단은요?"

타라가 코스어들의 수를 헤아리며 물었다.

"능력자 몇 분이 주차장에서 쓸 만한 트럭 몇 대 찾아서 시동 걸어 놨습니다. 우린 코스어들이잖아요. 좀비 분장하고 트럭에 누워 편안하게 가면 됩니다. 옆에 농수산식품유통공사 창고에 스크린 준비해 놨으니 어서 그리로 갑시다. 즐길 수 있는 시간이 얼마 남지 않았어요."

근대 일행을 엄호하기 위해 코스어들이 몰려들었다.

"같이 갈 친구가 한 명 있습니다."

근대가 담아 두었던 말을 중년 코스어에게 꺼내 놓았다.

"차에 있으면 나오라고 하세요."

"그 친구 감염자예요. 조금 전 변이했습니다."

중년 코스어의 대답을 기다리는 타라가 긴장감에 눈을 감았다.

"그건…… 저 혼자 결정할 수 있는 게 아닙니다. 여러 사람의 안전이 달린 문제예요."

"여신의 하루 제작진 중 한 명입니다. 그 친굴 빼놓고는 상영할 수 없어요. 필요한 조치는 뭐든 취하겠습니다."

근대가 강경한 태도를 취하자 코스어들이 비상회의를 소집했다. 의견이 둘로 나뉘며 회의 시간은 계속 늘어졌다. 작은 다툼과 싱거운 화해, 거수투표가 이어진 끝에 중년 코스어가 다시 근대에게 돌아왔다.

"차량용 래핑필름이 좀 남아 있습니다. 웃는남자님 쪽에서 그분을 꼼꼼하게 래핑해 주세요. 전혀 위험이 없다고 판단되면 입장시켜

드리겠습니다."

독일군복을 입은 코스어가 검정색 래핑필름 한 두루마리와 가위를 들고 와 엔젤비트에게 건넸다. 코스어들이 유통공사 쪽으로 돌아서자 이번엔 근대 일행이 회의를 시작했다.

"어떻게 트렁크를 열죠?"

타라가 손톱을 앞니로 자근거리며 물었다.

"일단 제가 위에서 체중으로 누를 테니까 웃는남자님이 필름으로 입부터 막는 게 어떠세요?"

엔젤비트가 의견을 내놨다.

"자네, 혹시 항문질환이나 치질 같은 건 없지?"

근대의 질문에 엔젤비트가 고개를 가로저었다.

"좋아, 그렇다면 타라가 문을 열자마자 자네가 가슴에 주저앉아. 타라는 지저벨이 고개를 움직이지 못하게 막대 같은 걸로 누르고 있어."

근대가 화단에 버려진 빗자루를 주워 타라에게 쥐어 주고, 필름을 펼쳐 재단하기 시작했다. 준비가 끝나자 세 사람이 트렁크 앞으로 모여들었다.

"트렁크는 제가 열게요."

타라가 빗자루를 움켜쥐고 한 걸음 다가섰다. 그녀가 입술을 달싹거려 하나, 둘, 셋 조그맣게 외치고 트렁크를 열었다. 트렁크 안에서 네 활개 치던 지저벨이 핏발선 눈으로 타라를 발견하곤 상체를 일으키며 입을 벌렸다.

"지금이야!"

근대의 신호에 엔젤비트가 허둥거리며 지저벨의 가슴팍에 엉덩이를 걸쳤다. 지저벨이 그악스럽게 고개를 들어 엔젤비트의 엉덩이에 앞니를 박으려 애썼다.

"미안해, 지저벨."

타라가 빗자루대를 지저벨의 턱 아래 밀어 넣고 힘주어 위로 당겼다. 히익히익, 거친 숨소리가 지저벨의 목구멍에서 터져 나왔다. 근대가 미리 잘라 놓은 필름으로 지저벨의 입을 덮었다.

"지저벨 경, 곧 여신의 하루가 상영될 거야. 같이 보러 가자."

근대가 지저벨을 달래며 잘라 놓은 필름으로 눈과 콧구멍을 제외한 얼굴을 덮었다. 수없이 트렁크를 두드린 탓에 터져나간 손등과 남자치곤 곱고 섬세한 손가락, 앙상한 두 다리까지 필름을 꼼꼼하게 두르고 엔젤비트를 일으켜 세워 남은 부위까지 고정시켰다. 근대의 온몸이 땀으로 흠뻑 젖어들 때쯤 지저벨은 검은 미라가 되어 있었다.

"지저벨님, 검정 수트에 빨간 눈 완전 멋진데요? 마블 히어로 블랙하트 같아요."

엔젤비트가 쌉싸래하게 웃으며 지저벨에게 엄지를 치켜들었다.

근대가 외장하드가 든 배낭을 등에 짊어지고 지저벨의 등 밑으로 손을 밀어 넣었다. 엔젤비트가 다리를 붙잡아 번쩍 들었다. 키가 작은 타라가 지저벨의 허리 밑으로 쏙 들어가 희미하게 남아 있는 그의 체온을 손바닥으로 느끼며 걸었다.

유통센터 창고 앞에서 기다리던 코스어들이 근대 일행을 맞이했다. 물샐틈없는 래핑 솜씨에 코스어들이 감탄을 하며 창고문을 개방했다. 그 와중에도 창고 안에선 일러스트북과 스티커를 판매하고, 코스어들을 찍기 위한 플래시가 연발했다. 코페를 통해 교류하던 몇몇 사람들이 근대에게 다가와 인사를 건넸다.

"지저벨 경, 오늘 코스 짱 멋져요."

빨간 가발에 세라복을 입은 코스어가 반색을 하며 지저벨의 사진을 찍었다. 그녀를 시작으로 창고 안에 있던 코스어들이 몰려들어 지저벨과 사진 촬영을 부탁했다.

"이런 관심이라면 지저벨도 좋아할 거예요."

타라의 말에 근대가 고개를 끄덕이곤 어깨에서 지저벨을 내려 마네킹처럼 세웠다. 그 뒤로 수십 명의 울긋불긋한 가발들과 애니메이션 애호가들이 모여들어 사진을 찍고 근대의 어깨에 팔을 감았다. 타라가 손을 더듬어 지저벨의 손이 있을 만한 곳을 감싸고 기쁨의 미소를 지었다.

"웃는남자님, 상영 전에 스크린 앞에서 한마디 해 주시죠."

중년 코스어의 말에 근대는 엔젤비트에게 지저벨을 맡기고 스크린 앞으로 자리를 이동했다. 사람들의 시선이 지저벨에서 근대로 향했다. 세 사람이 그토록 꿈꿔 왔던 쇼타임이 시작되는 순간이었다.

✷

초과를 만난 제시카는 마지막 남은 힘을 짜내 그녀를 끌어안았다. 그녀의 가느다란 팔뚝은 감염자들의 잇자국과 손톱자국으로 빈틈이 없었다. 무언가 말을 하려고 입술을 달싹거렸지만, 발치된 자리에서 솟아난 피만 올칵 넘어올 뿐이었다.

"제시카, 정말 오랜만이네요."

초과가 제시카를 자신의 무릎에 뉘고 피로 떡 진 머리를 가만가만 쓰다듬었다. 제시카의 촉촉하게 젖은 눈이 다정하게 초과를 올려다보았다.

"아무 말 안 해도 돼요. 당신이 내가 할 일까지 다 해 놓은 거 아니까."

채경 일행도 초과와 제시카 옆으로 모여들었다.

"암 쏘리, 에너세틱 드럭 이즈 노우."

마취제를 찾지 못해 미안하다며, 채경이 제시카의 손을 끌어다 가볍게 입을 맞추었다. 그러고는 채경과 채경의 남편, 중국인 청년이 서로의 손을 잡고 기도를 했다. 신도 언어도 다르지만 그들의 소원은 같았다. 고통 없이 죽고, 다시 깨어나지 않는 것.

초과는 오한으로 턱을 덜덜 떠는 제시카를 바라보다 숙영이 가방에 넣어 준 아편 덩어리가 생각났다. 등에 멘 배낭을 끌러 깊숙이 숨겨 놓았던 약을 꺼냈다. 숫돌에 눌려 납작해지긴 했지만 못 쓸 지경은 아니었다.

"제가 여러분을 도울 수 있을 것 같아요."

초과의 말에 사람들이 기도를 멈추고 그녀를 바라보았다.

"순도 높은 아편이에요. 진통 효과도 있지만 과다 복용하면 고통 없이 죽음에 이른다고 해요."

초과가 아편을 감싼 쿠킹포일을 벗겨내며 말했다.

채경이 눈을 동그랗게 뜨며 믿을 수 없다는 표정을 짓고 초과의 말을 남편에게 번역해 주었다.

"갓 디드 낫 어밴던 어스. 렛츠 리브업 투 헤븐."

채경의 남편이 제시카의 귀에 대고 속삭였다.

"제시카, 당신은 정말 위대한 엄마이고, 용감한 사람이에요. 함께 갈 수 있어 정말 기뻐요."

"니 시 잉 시옹. 씨에 씨에."

채경과 중국인 청년도 제시카의 손을 잡고 기쁨을 나누었다.

채경 부부는 서로를 끌어안고 입을 맞춘 뒤 흐르는 눈물을 닦아 주었고, 중국인 청년은 흘러간 중국 가요를 나직하게 흥얼거리며 벌렁 누웠다. 초과는 네 등분으로 나눈 아편을 세 사람에게 나누어 주고, 엄지와 검지로 제시카의 볼을 눌러 입을 벌리게 했다. 그러고는 마지막 남은 한 조각을 그녀의 혀 위에 올려 주었다. 참았던 눈물 몇 방울이 가뭇한 아편 조각과 함께 제시카의 혀를 적셨다.

채경과 그녀의 남편이 수술실 한편에 나란히 누워 손을 잡았다. 중국인 청년은 수술대 위에 누워 다시 가요를 흥얼거렸다. 주체할 수 없이 잠이 쏟아지는 걸 느끼며, 제시카는 마지막으로 유이의 모습이 묻어나는 초과의 얼굴을 오래도록 바라보았다. 두 겹, 세 겹으로 어른거리는 초과의 얼굴에서 제시카는 소녀에서 숙녀가 되고, 엄마가 된 유이의 모습을 발견하고 기쁨의 미소를 지었다. 그러고는 영원히 깨지 않을 깊은 잠에 빠져들었다.

그 무렵, 중국인 청년의 노래도 멈추었다. 채경과 채경의 남편도 얕게 코를 골았다. 초과는 자신이 해야 할 일을 위해, 제시카의 머리에 배낭을 베어 주고 자리에서 일어섰다. 손목에 감아둔 숫돌을 들고 중국인 청년에게 다가섰다. 좋은 꿈을 꾸고 있는지, 청년의 표정이 환했다. 초과는 뒤로 한 발짝 발을 뺀 뒤 숫돌이 든 팔을 젖혀 청년의 머리를 겨냥했다. 생각보다 쉽게 쩍, 청년의 두개골이 벌어졌다. 다음은 채경 부부였다. 청년의 머리에 모서리가 깨져 끝이 날카로워진 숫돌이 한때 저널리스트였으며 보스턴 레드삭스의 광팬이었던 미국인 사내의 머리에 내리꽂혔다. 곧이어, 그 누구도 모르고 있지만 배 속에 4주 된 태아를 품은 채경도 남편을 따랐다.

마지막으로 제시카에 앞에 선 초과는 웅크린 그녀의 몸을 가지런히 펴고 알코올솜을 찾아내 얼굴에 묻은 핏자국을 닦아주었다.

"이번엔 내가 당신의 아이를 키울 차례가 됐네요. 잘 자요, 제시카."

초과가 질끈 눈을 감고 온 힘을 다해 제시카에게 일격을 가했다.

✦

　숙영과 초희를 태운 아재자경단은 경기북부와 강원지부, 모터사이
클동호회, 그리고 나이와 성별, 취미가 서로 다른 시민자경단과 함께
시 경계에서 모였다. 1500시시급 투어러 바이크 스물여섯 대, 5톤부
터 18톤에 달하는 탑차 여섯 대, 사륜구동 지프 열한 대가 검문소를
향해 돌진했다. 검문소를 지키던 군인들이 선봉에 선 탑차에 사격
을 퍼부었지만 두꺼운 컬러강판을 뚫지는 못했다.

　"엄마, 초과랑 오빠는 어디 있을까?"

　선잠에 들었던 숙영이 초희의 목소리에 눈을 떴다.

　"늬 오빠라면 몰라도 초과는 독한 년이라 어떻게든 지 딸 만나러
갔을 거야. 우리 집 한창 힘들었을 때, 초과가 고3이었잖냐. 내가 초
과 그것한테 대학 가지 말고 어디 경리자리라도 나면 취직이나 하

자고 달래 봤지. 그랬더니 가뜩이나 째진 눈을 가시처럼 치뜨고, 등록금은 지가 알아서 마련할 테니 대학 가라 마라 상관 말라고 두억시니 같이 덤비는 거야. 내 그래, 너 할 수 있으면 해 봐라 하고 다신 취직 얘기 안 꺼내고 지켜봤지. 그러고 진짜 반년 만에 저 들어갈 대학 등록금 마련하고 남았다면서 80인가를 내놓더라구. 고것이 머리가 좀 약아. 가발 쓰고 구두 신고 여대생인 척 과외를 다녔다더라. 말하자면 사기를 친 거지. 그때 가르친 재수생 둘이 초과랑 같은 학교 붙어서 뽀록이 나긴 했지만."

초희가 오랜만에 미소를 짓다, 다시 찾아온 진통으로 앓는 소리를 냈다.

숙영은 자식 셋 중 초과에게 가장 빚이 많았다. 교복이며 운동화, 하다못해 브래지어까지 초희 것을 물려 입혔고, 숙영 자신을 닮아 꼬장꼬장하고 할 말 다하는 성격이 고까워 툭하면 서로 대못을 박고 싸웠다. 초과에게서 유이를 떼어 낸 것도 숙영 자신이었다. 해 준 것이 없으니 아무것도 바라지 말고 살자, 마음에서 놓아 버렸는데 돌이켜 보면 가장 아픈 손가락이 막내딸 초과였다. 숙영은 너무 아파 모른 척 접고 살았던 새끼손가락이 아예 사라져 버릴까 겁이 났다.

"엄마, 어떻게 배보다 허리가 더 아프지?"

초희의 말에 딸을 모로 눕힌 숙영이 허리를 슬슬 문지르며 서글픈 한숨을 내쉬었다. 초희에게 내색은 하지 않았지만, 숙영 역시 진통제 효과가 떨어지며 총탄이 지나간 발등이 뼈저리게 아팠다.

"아는 병이니까 참지, 모르면 죽는구나 싶은 게 애 낳는 일이다. 그래도 젊어 낳는 게 나아. 여자 나이 사십이면 사그라들고 오십이면 오그라드는데, 늦게 낳으면 언제 키우고 언제 시집 장가 보내서 사람 구실하게 만드니."

밖에서 총성이 들릴 때마다 초희는 무릎을 배에 붙이고 몸을 움찔거렸지만, 전쟁 같이 살아온 숙영은 덤덤한 얼굴로 그저 너부죽한 딸의 잔등만 쓸고 또 쓸었다.

아재자경단 일행이 서울로 진입하자, 무선통신으로 연락을 취해오던 시민군이 하나둘, 행렬에 뛰어들었다. 일부 시민들은 자경단의 경호를 받으며 가두행진을 벌였고, 기자단으로 구성된 시민군들은 윙바디를 올린 탑차에서 사진과 동영상을 찍고 노트북으로 기사를 작성했다. 그들을 폭도라 규정하고 진압작전을 벌이려던 군과 경은 수십 대의 카메라와 캠코더에 담긴 취재물이 훗날 어떤 방식으로든 유출되어, 그들과 수뇌부를 곤경에 몰아넣을지 몰라 사격 명령을 중단한 채 물대포와 최루액만 뿌려댔다.

시민들의 움직임이 심상치 않다는 보고를 받은 대통령은 직접 국민안전처와 질병대책본부로 전화를 걸어 백신 개발을 독촉했다. 자리에서 벌떡 일어나 허리까지 굽실대며 전화를 받은 본부장이 한달음에 혜원을 찾아 나섰다.

그 시각, 혜원은 윤재를 바라보고 있었다. 그녀가 지시한 500시시 여섯 팩 중 마지막 봉투가 거의 채워졌다. 몸 안의 혈액 대부분을 뽑아낸 윤재는 체온 유지를 위해 찜질팩을 곳곳에 대고도 몸을 덜덜 떨며 혜원과 간신히 눈을 맞췄다. 채혈을 끝낸 혜원이 간호사에게 혈액을 넘기고, 옆 침대에 걸터앉아 자신의 정맥에 바늘을 꽂았다. 몸을 뉘고 손을 쥐었다 폈다 하자 튜브를 통해 그녀의 혈액이 윤재의 중심정맥관으로 흘러들었다. 그래 봐야 고작 몇십 분이지만, 그녀는 아빠에게 평범한 인간의 마지막 순간을 선사하고 싶었다.

"야, 김혜원! 대체 뭐가 이렇게 오래 걸려? 너 나 쪼인트 까이고 방 빼는 거 구경하고 싶어 이러냐? 시험체가 제 발로 걸어 들어왔다며? 중국 측 배합대로 돌리면 땡인 걸 뭐하느라 열나절 뜸을 들여!"

방역복을 걸친 본부장이 검사실 문을 박차고 들어왔다. 그는 윤재에게 수혈을 해 주고 있는 혜원을 보곤 마스크를 집어던졌다.

"너 지금 뭐하고 있는 거야?"

본부장의 호통에 혜원이 잠들듯 스르르 큰 눈을 내리 감았다.

"33년 전, 이 병원을 통해 말도 안 되는 시험이 자행됐어요. 거기 연루된 연구원 이름 중에 본부장님도 있었고요. 종교적 신념으로 유일하게 생체시험에 반대했던 송형식 박사를 차기 시험체로 중국에 보내자는 제안을 한 것도 본부장님이더군요. 증거를 없앨 거면 보고서를 태웠어야죠. 시험체의 딸까지 채용해 놓고 무슨 배짱으로 보고서 폐기를 안 하셨어요? 아, 저를 채용한 것도 아빠를 찾아낼 미끼가 필요해서였겠죠."

혜원이 눈을 감고 낮지만 또렷한 음성으로 본부장에게 말했다.

"김혜원이, 너!"

본부장이 당혹스러움을 감추지 못하고 몸을 떨었다.

"마스크 생산업체부터 제약회사, 조이캡 등등 주식도 많이 사 놓으셨겠죠. 시험보고서는 지난주에 외신에 전송했어요. 조인트 까이고 방 빼는 것보다 더한 치욕을 견뎌 내셔야 할 겁니다. 10분 후면 백신 완제품이 나올 테고, 사태가 수습되는 대로 기자회견을 할 거예요. 자살당하고 싶지 않으시면 지금이라도 도망치세요. 그것까진 안 막겠습니다."

혜원의 말대로 본부장은 이번 사태가 예견된 시기부터 주식을 대량 매입했다. 심지어 그의 매부 이름으로 설립한 제약회사는 정부와 백신생산 독점 계약까지 마친 상태였다. 딸이 질병관리본부에 근무한다는 사실을 아는 이상, 시험체가 제 발로 찾아올 것을 확신하고 저지른 일이었다. 나중에 혜원에게도 크게 한몫 떼어 주면 잠잠해질 일이라고 생각했는데 이렇게 몽니를 부리고 자신을 협박할 줄은 몰랐다. 성난 시민들의 분노, 전 세계 언론의 집중포화, 무너지지 않을 백이라고 믿었던 정부의 꼬리 자르기가 그를 찾아올 수순이었다. 돈은 곧 권력이 되고, 권력자는 곧 신이 되길 꿈꾸지만 태생의 한계를 벗어날 수는 없었다. 본부장은 뜨거운 콧김을 뿜어내다 방역복을 집어 던지고 검사실을 떠났다.

혜원은 눈가에 고인 눈물을 닦아 내며 윤재를 바라보았다. 33년째 한결같이 젊고 싱싱했던 그의 모습이 서서히 노화되고 있었다. 생기가 사라진 뺨이 꺼져 가고, 이마와 미간, 법령에 주름이 생겨났다. 희고 발그스름하던 피부와 탄탄한 근육이 차 있던 팔뚝은 점점 가늘어졌다. 20대에서 30대, 40대를 거쳐 중년의 모습이 되는 데까진 불과 30분도 걸리지 않았다. 아빠의 놓쳐 버린 시간이 순식간에 흐르는 걸 바라보던 혜원이 불현듯 몸을 일으켜 간호사 호출 버튼 눌렀다.

"백신 샘플 나왔어요?"

혜원의 물음에 방역복을 입은 간호사가 환하게 웃으며 고개를 끄덕였다. 혜원이 알코올솜으로 자신의 혈관을 누르고 바늘을 뽑았다.

"이분께 RH+B 혈액 수혈해 줘요."

간호사에게 윤재를 맡기고 혜원이 검사실을 나섰다. 마지막으로 아빠에게 보여줄 사람이 생각났다. 국제진료소에서 사투를 벌였을 초과였다. 혜원이 자신의 연구실로 돌아가 내선으로 국제진료소 안 곳곳에 전화를 걸었다. 응답이 없으면 직접 내려갈 각오였다. 간호사실과 진료실, 입원실 등에 전화를 걸었지만 응답자는 없었다. 혜원이 자리에서 일어섰을 때, 직원이 노크도 없이 연구실문을 벌컥 열고 들어왔다.

"김 박사님, 밖에 누가 찾아왔어요."

서둘러 혜원이 연구실을 나섰다. 앞서 뛰어나간 직원이 가리킨 곳엔 혜원의 가운과 ID카드를 목에 건, 초과가 서 있었다. 혜원이 직원들을 헤치고 들어가 그녀를 부축했다.

"윤재를 봐야 할 거 같아서요."

초과는 행여 혜원의 입에서 너무 늦었다는 대답이 나올까 봐 가슴을 졸였다.

"저도 찾고 있었어요. 너무 늦지 않아 다행이에요."

혜원이 초과의 팔에 묶인 숫돌을 끊어 내고 그녀를 검사실로 이끌었다. 불과 십여 분 만에 윤재는 중년에서 초로의 모습이 되어 있었다. 기척에 눈을 뜬 윤재가 흐릿해진 노안으로 초과와 혜원을 바라보았다.

"선배, 잘 갔다 왔어요? 하, 내 목소리가 왜……."

목소리마저 탁해지고 턱에 돋은 수염도 희끗했다.

"괜찮아. 듣기 좋아."

초과가 천천히 걸음을 옮겨 윤재의 침상 곁에 섰다. 그녀가 손을 뻗어 윤재의 머리를 쓰다듬자 힘을 잃은 머리카락이 우수수 뽑혀 나왔다.

"딸은 찾았어요?"

"응, 무균실에 있는 거 확인하고 올라오는 길이야."

윤재가 바싹 마른 입술을 끌어당겨 웃었다.

"역시 엄마는 위대해. 좀비 얘기 집어치우고, 다음 작품은 가족 얘기 써요. 아님 달달한 로맨스도 좋고."

"그래. 나도 피비린내 지겹다. 나 피곤한데 옆에 누워도 돼?"

초과가 혜원을 의식하며 목소리를 낮춰 물었다.

혜원이 전등을 끄고 조용히 검사실을 나갔다.

"같이 낮잠 잘래요? 딱 손만 잡고 잘게요. 나도 자꾸 잠이 쏟아져."

윤재가 농담을 섞으며 침대 한편에 자리를 내주었다. 초과가 운동화를 벗고 그의 옆에 나란히 누웠다.

"늘 악몽을 꿨어요. 산 채로 박제가 되는 꿈이요. 철골로 뼈대를 세우고, 배 속 가득 솜을 채우고, 플라스틱 안구를 박고, 근데 깨어나 보면 현실도 다를 바 없다는 게 유머였죠. 오늘은 선배가 옆에 있어서 좋은 꿈꿀 거 같아요."

초과가 윤재의 손에 자신의 손을 겹쳐 깍지를 끼었다. 윤재가 편안하게 숨을 내뱉으며 스르르 눈을 감았다. 그러고는 다디단 잠에 빠져들었다.

김준수, 향년 58세였다.

★

죽음을 목전에 둔 여신이 평화롭게 하품을 했다. 유백색으로 빛나던 피부는 이제 굵은 잔주름으로 가득했고, 옥돌 같던 앞니도 듬성해졌다. 그녀의 눈동자에 아들 며느리와 손자 그리고 햇솜처럼 하얀 머리칼의 남편이 비쳤다.

"산다는 게 뭔지 이제 알았어요. 그건 숨을 쉬는 게 아니라 행동하는 거였어요. 그러니까 당신을 선택한 순간부터 나는 생명을 얻은 거예요. 고맙습니다."

창문 너머 석양이 여신의 뺨을 붉게 적셨다. 그러고는 서서히 화면이 어두워지며 여신의 입술에 입을 맞추는 남편의 모습 위로 엔딩크레딧이 올라갔다. 그렇게 〈여신의 하루〉가 끝이 났다.

코스어들이 자리에서 일어나 박수를 쳤다. 티저 영상을 보고 여신 코스튬을 준비해 온 코스어가 포즈를 취하자 곳곳에서 플래시와 환호가 터졌다. 사람들이 근대와 타라, 검은 미라가 된 지저벨의 등을 떠밀어 무대로 올려 보냈다.

"여신님, 한마디 해 주시죠!"

드라큘라 코스튬의 청년이 타라를 향해 손을 흔들었다.

"아!"

여신 목소리를 연기한 타라가 목소리를 가다듬자, 여기저기에서 환호성이 터졌다.

"산다는 건, 단지 숨을 쉬는 게 아니라 행동하는 겁니다. 행동하지 않는 사람이 좀비예요. 살아 있다면, 행동하러 가시죠!"

타라의 말에 사람들이 '네!' 하고 대답했다.

분위기가 한창 무르익었지만, 떠날 시간이 다가왔다. 코스어들이 메이크업 박스를 열고 사람들의 얼굴에 분칠을 했다. 검거나 붉거나 누런 얼굴을 창백하게 칠하고 눈가와 입술에 음영을 더했다. 푸르스름하게 혈관을 그려 넣고 식용색소로 팔과 다리에 상처를 만들었다. 지저벨을 제외한 모든 코스어들이 분장을 마쳤을 때, 시계는 정확히 일곱 시를 가리켰다.

"자, 이제 뒤풀이를 하러 갈 시간이 됐습니다. 신나게 즐깁시다!"

중년 코스어의 선언에 사람들이 좀비 흉내를 내며 주차장으로 몰려갔다. 강남과 경기이남 지역 아재자경단과 시민군이 AT센터 앞에 대기 중이었다. 누군가 스피커로 워킹데드 OST를 틀자 코스어들이 열광했다. 근데 일행도 아반떼에 올라 그들과 함께 시청으로 향했다. 역시 시민군이 준비한 탑차가 검문소를 뚫었다. 근데 일행을 통과시켰던 경찰이 뒤로 나자빠져, 허둥지둥 본부에 무전을 보냈다.

한강을 건너자 미리 기다리고 있던 진압차량이 시위 행렬을 가로막았다. 새로 합류한 일행 중에는 미국과 독일 뉴스채널 특파원 취재차량도 섞여 있었다. 산성처럼 가로막힌 전경버스 앞에서 미국 특파원이 위성전화로 현장 상황을 송출했다.

"시민 여러분, 오늘 아침 일곱 시 십오 분 질병대책본부에서 페인 플루 백신이 개발되었음을 알려드립니다. 모두 안전하게 해산하시어 일상으로 복귀하시기를 바랍니다."

전경버스 너머에서 안내방송이 반복되었다.

백신이 개발되었다는 소식에 시민들은 박수를 치며 기뻐하고 서로를 끌어안았지만, 분노가 사라진 것은 아니었다. 사망자들 중에는 상당수가 비감염자이거나 감염자이되 좀비로 변이하지 않은 무고한 희생자들이었다. 어린이와 여자, 노인, 그리고 그들을 지키기 위해 몸을 던졌던 청년들이 방수천에 싸여 유력한 증거들과 함께 소각되었다.

"난 내 아들이 지금 어디에 있는지 그것만 알면 되오. 우리 걸어서 갑시다! 이제 백신이 개발되었으니 감염자라고 함부로 죽이지는 못할 거 아니겠소? 내 앞장서리다."

백발이 성성한 칠십 대 탑차 운전자가 운전석 문을 열고 도로로 내려왔다. 그가 전경버스로 막지 못한 인도를 향해 걸어갔다. 특파원 차량에서 두 명의 카메라맨이 내려 노인의 모습을 촬영했다. 이윽고 다른 시민들도 타고 온 차량에서 내려 노인의 뒤를 따랐다. 근대와 엔젤비트도 아반떼에서 내렸다.

"웃는남자님, 전 여기 남을게요. 지저벨이랑 할 얘기가 많아요."

타라가 아반떼 뒷좌석에서 지저벨의 어깨에 고개를 기대고 말했다. 지저벨의 핏발 선 눈이 근대에게 향해 있었다. 살았을 적, 근대를 대하듯 다정하고 순박한 눈빛이었다.

"지저벨, 신을 만나면 신을 죽여라. 부처를 만나면 부처를 죽여라. 무엇에도 얽매이지 않고 사로잡히지 않고 그저 있는 그대로 자신을 살아가라. 설령 그곳이 여기가 아니더라도."

근대가 〈최유기〉의 삼장처럼 말하고 지저벨과 타라에게 안녕을 고했다.

근대와 엔젤비트는 인파와 섞여 거리를 행진했다. 상의를 탈의한 청년들이 타고 온 트럭에서 생수를 꺼내 사람들에게 던져 주었고, 아파트와 원룸촌을 지날 때면, 창문을 연 사람들이 주먹밥이나 캔 커피를 던졌다. 어느덧 수천 명으로 늘어난 시민들이 시청으로 모여들어 서로의 어깨에 팔을 걸고 노래를 부르며 사라진 가족과 친구를 그리워했다.

"난 다녀올 데가 있어. 동대문에 굿즈샵 오픈하면 카페 쪽지로 연락하도록."

경기북부에서 내려온 자경단 중 한 팀이 지성대학병원 앞에 임신부와 발등에 총상을 입은 아줌마를 내려줬다는 소식을 전해들은 근대였다. 코스어에게 산 캐릭터 티셔츠로 갈아입은 엔젤비트가 근대의 말에 아쉬운 표정을 지었다.

"웃는남자님, 어머니 찾으러 가시는 거죠."

"혼나겠다, 왜 이제야 왔냐고."

근대가 쓸쓸하게 웃어 보이며 엔젤비트에게 손을 흔들었다. 사람들의 '즉각 실종자와 사망자들의 신원을 발표하라'는 외침을 뒤로하고 근대가 지성대학병원 방향으로 뛰었다.

후드득 소나기가 내리며 보도블록을 적신 최루액에서 거품이 올라왔다. 매운 내에 눈물과 콧물이 쏟아져 티셔츠를 뒤집어 얼굴을 가리고 뛰었다. 꼬박 이틀을 버텨 준 운동화 밑창이 떨어져 터벅터벅 소리가 났다. 병원 앞에 다다르자, 전경 아홉 명이 정문을 지키고 서 있었다. 불과 몇 시간 전이라면 총부리를 겨누었을 테지만, 시민들의 소요와 백신 개발 소식에 정부의 태도도 미온적으로 바뀌었다.

"관계자 외 출입금지 구역입니다."

전경 한 명이 방패를 내리고 말했다.

"안에, 임신부와 총상환자 가족입니다. 상태만이라도 확인하고 싶은데요."

근대가 까치발에 목을 빼고 지성대학병원 로비를 들여다봤다.

"내부 사정은 지금 저희도 모릅니다. 집으로 돌아가셔서 연락 기다리세요."

전경이 제 잘못도 아닌데 미안하단 표정을 지어 보였다. 아침인데도 비 오듯 땀을 쏟는 그에게 근대가 손에 들고 있던 캔커피를 건넸다.

"이런 거 주셔도 안 됩니다."

"아뇨, 뇌물 그런 거 아닙니다. 그냥 드시라고요. 날씨가 이래서."

캔커피를 건넨 근대는 전경들 건너편 가로수 그늘 아래에 앉아 로비를 주시했다. 자지러지게 우는 매미 소리가 동생 초희의 비명처럼 들려 가슴이 두근거렸다. 그때 로비에 낯익은 실루엣이 보였다. 숙영이었다. 숙영은 계단에 털썩 주저앉아 어깨를 들썩거리며 어린애처럼 철철 울었다. 근대가 자리에서 튕기듯 일어나 손으로 나팔을 만들었다.

"엄마아! 엄마!"

숙영이 근대의 목소리가 주위를 두리번거리며 손등으로 눈물을 훔쳤다.

"여기, 나 이쪽에 있어요!"

근대가 펄쩍펄쩍 뛰며 목청을 돋웠다.

"아이고, 내 새끼. 근대야아!"

그제야 아들을 알아본 숙영이 아픈 발을 질질 끌며 주차장 건너 정문으로 걸어 나왔다.

"엄마, 초희는? 초과는?"

"초과랑 의사가 조금 전에 분만실로 데리고 들어갔어. 난 보지 말라더라. 내가 에민데 왜 못 보게 해."

숙영이 전경들 어깨 사이로 손을 뻗어 총알이 스치고 나간 근대의 팔뚝을 매만졌다.

"근데 왜 거기서 울고 있었어요."

근대의 물음에 숙영이 다시 눈물을 찔끔거리며 주저앉았다.

"그 몹쓸 병이 초희를 이상하게 만들었어. 지 동생을 보고서도 살쾡이처럼 뜯어먹겠다고 덤비더라. 의사 말이 배 속에 애기도 감염됐을 거래."

근대도 다리에 힘이 풀려 주저앉고 말았다. 두 사람이 끅끅 눈물을 삼키는 동안 아홉 명의 전경들도 코끝이 매워 헛기침만 했다.

그 시각, 분만실 안에선 좀비로 변이한 초희의 제왕절개 수술이 진행 중이었다.

마취제를 투여한 뒤 입에 재갈을 채우고 사지를 묶었지만, 초희는 거세게 몸을 뒤틀며 혜원을 향해 앞니를 드러냈다. 수술실 한 층 위에선 초과와 의료진들이 모여 초조한 표정으로 수술을 참관했다. 쉬지 않고 몸을 뒤트는 탓에, 개복은 쉽지 않았다. 방역복으로 무장한 간호사가 초희의 거웃을 면도하고 배에 소독약을 발랐다. 혜원이 메스를 들어 초희의 아랫배를 수직으로 절개했다. 일반적인 제왕절개는 배꼽 아래를 반월형으로 절개하지만, 전치태반인데다 이미 사망한 산모보다는 태아의 안전을 우선해야 했다.

복부를 겸자로 벌리고 자궁을 절개한 후 안으로 손을 넣어 태아의 머리와 초희의 치골 사이에서 손가락을 밀어 넣었다. 따뜻하고 말랑한 작은 어깨를 들어 올리자 발그스름한 신생아가 쑤욱 빠져나왔다. 간호사가 흡입기로 아기의 코와 입을 빨아냈다. 칼락 기침 소리와 함께 우렁찬 울음이 터져 나왔다. 혜원이 탯줄을 자른 뒤 초과와 의료진을 향해 아기를 번쩍 들어 보였다. 그러고는 그들이 개발한 첫 백신을 주사기에 담아 아기의 팔뚝에 놓고, 강보에 싸 인큐베이터로 옮겼다. 수술을 지켜보던 초과의 뺨이 뜨거운 눈물로 젖어 들었다.

변이한 초희는 개복 상태에서도 움직임을 멈추지 않았다. 혜원은 복압으로 흘러나온 장기를 밀어 넣은 뒤 얼기설기 다급하게 봉합을 했다.

"그만 보시는 게 좋겠습니다."

의료진 중 한 명이 초과의 팔을 붙잡고 일으켜 세웠다.

백신은 감염자에게는 효과가 있지만, 이미 좀비로 변한 사람에게는 무용했다. 초희에게 의료진이 해 줄 수 있는 가장 인도적인 후처리는 빠른 시간 안에 뇌의 기능을 정지시키는 것뿐이었다. 초과가 고개를 끄덕이고 자리에서 일어나 등을 돌렸다.

위잉, 두개골을 가르는 날카로운 드릴 소리와 초희의 비명이 수술실을 잡아 찢었다.

초과는 혜원의 연구실에서 그녀를 기다렸다. 간호사 한 명이 뜨거운 커피와 딱딱한 빵 한 조각을 놓고 나갔다. 이 병원 어딘가에서 윤재와 초희가 나란히 누워 차갑게 얼어 가고 있다는 생각을 하니 목이 메어 아무것도 넘길 수 없을 것 같았다. 그때, 노크 소리가 들렸다. 혜원일 거라 생각하고 초과가 고개를 돌렸다. 한 뼘쯤 열린 문틈으로 환자복이 비쳤다.

"헤브 유 빈 웨이팅 롱?"

찰랑거리는 단발머리, 자두처럼 동그란 얼굴에 턱이 뾰족한 소녀가 고개를 들이밀었다.

"유어 네임 이즈 유이, 라잇?"

유이가 고개를 끄덕거리며 연구실로 걸어 들어왔다. 수줍게 다가온 유이가 초과의 뺨에 붙은 머리카락을 떼어 주며 배시시 웃었다.

"아이 원티드 투 씨 유."

유이가 초과의 뺨에 자신의 뺨을 가져다 대고 속삭였다.

"암 쏘리. 아이 캔트 프로텍트 유. 암 쏘 쏘리."

초과가 할 수 있는 말은 그게 전부였다.

초과는 유이를 번쩍 안아 자신의 무릎에 올려 앉히고 같은 말을 반복했다. 오히려 유이가 그녀의 등을 두드리고 머리를 쓰다듬으며 '아임 오케이'를 연발했다.

"초과 씨, 가족들이 다 모였어요. 나오세요."

다시 연구실 문이 열리고, 혜원이 초과와 유이에게 손짓을 했다. 모녀는 서로의 손을 잡고 혜원이 이끄는 곳으로 향했다. 연구실 아래층 신생아실이었다. 신생아실 유리창 앞에 근대와 숙영이 서 있었다.

"어머나! 어머나! 니가 유이구나. 유어 네임 유이냐? 아임 할미다."

숙영이 유이를 발견하곤 반색을 하며 끌어안았다.

"엄마, 혹시 감염자 아냐?"

초과가 숙영에게 눈을 흘겼다.

"이제 백신 있는데 무슨 유난이야. 좀 전에 진 서방이랑 연락 닿았어. 남자라 그런지 아직 그만한 모양이더라. 초희 얘긴 아직 못했구."

숙영이 눈물을 참느라 인중을 늘이고 눈썹을 들어 올려 코를 훌쩍댔다.

"하이, 아임 유어 엉클. 세이 헬로 투 유어 커즌."

근대가 유이를 번쩍 들어 올렸다.

수십 개의 침상 중 단 한 곳에 갓난아기가 곤히 자고 있었다. 숙영이 호출 버튼을 누르자, 방역복을 입은 간호사가 아기를 안고 유리창 앞에 서서 가족들에게 얼굴을 보여 주었다.

"정초희 산모님 아기입니다. 체중 2.8킬로그램, 체온, 맥박, 신체반응 모두 정상이에요."

크고 긴 눈에 둥근 얼굴형, 배냇짓을 하느라 벙긋대는 입 모양이 제 엄마 초희를 닮았다.

"쏘 프리티. 리젬블 미."

유이의 말에 초과와 근대가 웃음을 터트렸다.

"쟤 뭐래냐?"

"애기 이쁘대. 자기 닮은 거 같다는데?"

초과의 번역에 눈물로 얼룩졌던 숙영도 한바탕 웃음을 터트렸다.

"닮기는 유이가 나를 쏙 뺐지. 내 처녀적 사진 봐라, 똑 저 인물이 내 인물이었지. 이것들 내가 반들반들 윤나게 키울 거야. 늬들보다 더 공들여서 판검사 만들어 놓을 거다."

숙영이 유이와 갓난아기를 번갈아 보며 다짐하듯 말했다.

"이 아줌마 봐. 우리한테 되게 공들인 거처럼 말하네. 대학 가지 말고 돈이나 벌어 오라던 건 벌써 다 까먹었지? 오빠, 엄마 주당에 골초인 거 알아?"

초과가 근대의 팔을 흔들며 숙영에게 눈을 흘겼다.

"어머, 야! 키워 준 공은 없다더니. 근대야, 쟤가 저렇다. 모르는 사람이 보면 내가 계몬 줄 알 거야, 그지? 넌 장가가지 마. 저런 인물 낳으면 울화병 터져 명 줄어."

일요일 아침 엄마의 도마소리처럼 두 사람이 토닥거리는 소음이 근대의 마음을 푸근하게 다독거렸다. 멀리서 백신 개발 소식을 알리는 안내방송과 사이렌 소리, 가족을 찾는 사람들의 함성과 가족을 잃은 사람들의 통곡, 가족을 되찾은 사람들의 환호가 거리를 메웠다. 이름 없는 피해자들과 이름을 숨긴 가해자들의 전쟁이 이제

막 시작된 참이었다.

근대는 유이를 내려놓고 다시 운동화 끈을 묶었다. 다시 일상으로 돌아가려면 아직 해야 할 일이 많이 남았다. 페인플루보다 더 지독한 그 무엇이, 살아남은 사람들을 기다리고 있었다.

작가의 말

일곱 번째 단행본이다.

늘 그래 왔듯, 원고를 쓰는 내내 나는 나와 죄 없는 지인들을 괴롭혔다. 마감은 좋은 핑곗거리였다. 원고를 무기로 수없이 많은 약속을 미루거나 파기했고, 장녀로서 마땅히 앞장서야 할 집안 대소사를 외면하거나 돌봐야 할 가족을 등한시했다. 그리고 난 뒤엔 여지없이 죄책감과 무기력감이 밀려들었다. 정작 원고를 써야 할 시간에 나는 나를 원망하느라 바빴다.

쓰고 싶은 마음과 활자를 벗어나고 싶은 마음, 그 팽팽한 양가감정 사이에서 미아가 되어 버린 채 1년 반이 흘러갔다. 그리고 지난 늦봄, 겨우 갈피를 잡고 원고 막바지에 접어들었을 즈음 메르스가 한국을 덮쳤다. 메르스는 감염 경로와 증세, 진행 속도까지 내 작품 속 페인플루와 비슷한 양상을 띠었다.

퇴고와 편집이 순조로웠다면 7월에 출간되어야 할 작품이었다. 그러나 서슬 퍼런 메르스의 기세에 나도, 원고를 검토하던 편집자도 출간을 강행할 것인지, 사태가 수습될 때까지 지켜보아야 할 것인지 가늠하지 못했다. 매일 아침 새로운 감염자와 사망자 소식이 텔레비전과 인터넷 뉴스 머리기사로 올라올 때면 내가 전염병 소재로 작품을 써서 이 사달이 난 건 아닌가, 되도 않은 망상에 머리가 복잡했다. 그런 동시에 마음 한편 깊은 곳에선 지금 이 작품을 세상에 내놓으면 분명 화제가 되겠구나, 조금이라도 더 팔리지 않을까, 하는 불경스러운 야심이 솟아나 양심을 구타했다. 그렇게 고민하는 동안 다시 한 달의 시간이 흘러갔다. 결국 열 번째 사망자 소식을 들은 어느 날 나는 출판사와 논의 끝에 메르스가 종식될 때까지 출간을 미루기로 뜻을 모았다.

어느덧 메르스도 지나갔다. 편집자는 서둘러 편집을 시작했다. 꼬박 2년을 진통한 작품이 난산 끝에 세상에 나왔다. 숙영에게 초과가 그렇듯, 초과에게 유이가 그렇듯, 내게 《어두운 숲 속의 서커스》는 험한 세상에 던져 놓아 미안하고 고마운 자식이다. 어미 된 마음으로 가장 아픈 일곱째 손가락이 풍파 없이 잘 살아가기를 지켜볼 뿐이다.

마지막으로 작품 속 편집자와 달리 사려 깊은 마음으로 작품을 기다려 준 편집자 이진영님에게 감사와 신뢰를 보낸다. 또 한결같이 곁을 지켜 준 토요회 회원들, 매 작품마다 아낌없는 격려와 후원을 보내 준 수림문화재단, 그리고 미리, 별님, 영대에게 말할 수 없이 사랑한다고 전하고 싶다.

가을 무렵, 강지영

국립중앙도서관 출판시도서목록(CIP)

어두운 숲 속의 서커스 : 강지영 장편 소설 / 지은이: 강
지영. ― 고양 : 위즈덤하우스 : 예담, 2015
p. ;   cm

ISBN 978-89-5913-972-9 03810 : ₩12000

한국 현대 소설[韓國現代小說]

813.7-KDC6
895.735-DDC23   CIP2015025654

＊어두운 숲 속의 서커스

초판 1쇄 인쇄 2015년 9월 21일
초판 1쇄 발행 2015년 10월 5일

지은이 강지영
펴낸이 연준혁

출판 6분사 분사장 이진영
편집장 정낙정
편집 박지수 최아영 이경희 조현주
디자인 김준영
제작 이재승

펴낸곳 (주)위즈덤하우스 **출판등록** 2000년 5월 23일 제13-1071호
주소 경기도 고양시 일산동구 정발산로 43-20 센트럴프라자 6층
전화 031)936-4000 **팩스** 031)903-3891
홈페이지 www.wisdomhouse.co.kr

ISBN 978-89-5913-972-9 [03810]
값 12,000원